人物《じんぶつ》で探《さぐ》る！
日本《にほん》の古典文学《こてんぶんがく》

兼好法師《けんこうほうし》と平清盛《たいらのきよもり》

徒然草《つれづれぐさ》 平家物語《へいけものがたり》

方丈記《ほうじょうき》
宇治拾遺物語《うじしゅういものがたり》 ほか

人物《じんぶつ》で探《さぐ》る！日本《にほん》の古典文学《こてんぶんがく》
兼好法師《けんこうほうし》と平清盛《たいらのきよもり》

※本書《ほんしょ》で紹介《しょうかい》している作品《さくひん》のタイトル下《した》にあるアイコンは、随筆《ずいひつ》は随筆文学《ずいひつぶんがく》、説話《せつわ》は説話文学《せつわぶんがく》（説話集《せつわしゅう》）、軍記物語《ぐんきものがたり》は軍記物語《ぐんきものがたり》のことをさします。

兼好法師《けんこうほうし》と平清盛《たいらのきよもり》が活躍《かつやく》した時代《じだい》

比《くら》べてみよう 武士《ぶし》の時代《じだい》に活躍《かつやく》した二人《ふたり》

平安時代末期《へいあんじだいまっき》から鎌倉時代《かまくらじだい》にかけて、貴族《きぞく》から武士《ぶし》中心《ちゅうしん》の社会《しゃかい》へと世《よ》の中《なか》は大《おお》きく動《うご》きました。この時代《じだい》に活躍《かつやく》した兼好法《けんこうほう》師《し》と、『平家物語《へいけものがたり》』などの登場人物《とうじょうじんぶつ》で、実在《じつざい》する人物《じんぶつ》の平清盛《たいらのきよもり》、それぞれのプロフィールを見《み》てみましょう。

博学《はくがく》で知《し》られた 兼好法師《けんこうほうし》

京《きょう》の侍《さむらい》の家《いえ》に生《う》まれたといわれている。身《み》分《ぶん》は低《ひく》く、貴族《きぞく》や武家《ぶけ》の権力者《けんりょくしゃ》に奉仕《ほうし》する立場《たちば》だった。のちに鎌倉幕府《かまくらばくふ》の執権《しっけん》をつとめた金沢貞顕《かねさわさだあき》や、足利尊氏《あしかがたかうじ》の執事《しつじ》であった高師直《こうのもろなお》などに仕《つか》えたとされ、京《きょう》、鎌倉《かまくら》と各地《かくち》で活動《かつどう》している。

和歌《わか》の腕前《うでまえ》は、当時《とうじ》の「和歌四天王《わかしてんのう》」に数《かぞ》えられるほどで、勅撰和歌集《ちょくせんわかしゅう》にも選《えら》ばれている。古典学者《こてんがくしゃ》や書家《しょか》としても知《し》られ、幅広《はばひろ》い人《ひと》と交流《こうりゅう》をしていた。旅《たび》も好《す》きだった。広《ひろ》くて深《ふか》い知識《ちしき》と、世《よ》の中《なか》を見《み》するどい視点《してん》があったからこそ、日本三大随筆《にほんさんだいずいひつ》の一つ『徒然草《つれづれぐさ》』のような名作《めいさく》を書《か》くことができた。

随筆《ずいひつ》『徒然草《つれづれぐさ》』の著者《ちょしゃ》
和歌《わか》や古典《こてん》の
研究《けんきゅう》をした

卜部兼好《うらべかねよし》

1283年《ねん》ごろ
〜1357年《ねん》ごろ

30歳前後《さいぜんご》

兼好《けんこう》

不明《ふめい》（卜部兼顕《うらべかねあき》か？）

この作品《さくひん》もチェック！

『枕草子《まくらのそうし》』
清少納言《せいしょうなごん》作《さく》　平安時代《へいあんじだい》の作品《さくひん》
▼『人物《じんぶつ》で探《さぐ》る！日本《にほん》の古典文学《こてんぶんがく》　清少納言《せいしょうなごん》と紫式部《むらさきしきぶ》』参照《さんしょう》

『方丈記《ほうじょうき》』
鴨長明《かものちょうめい》作《さく》　鎌倉時代《かまくらじだい》の作品《さくひん》
▼40ページ

用語解説《ようごかいせつ》
＊勅撰和歌集《ちょくせんわかしゅう》……天皇《てんのう》や上皇《じょうこう》（院《いん》）の命令《めいれい》でつくられた和歌集《わかしゅう》。
＊日本三大随筆《にほんさんだいずいひつ》……『枕草子《まくらのそうし》』『方丈記《ほうじょうき》』『徒然草《つれづれぐさ》』の3つをさす。▶41ページ

平氏《へいし》の全盛期《ぜんせいき》を築《きず》いた

平清盛《たいらのきよもり》

白河院《しらかわいん》と鳥羽院《とばいん》の側近《そっきん》の武士《ぶし》だった平忠盛《たいらのただもり》の長男《ちょうなん》とされるが、実《じつ》の父《ちち》は白河院《しらかわいん》だったという説《せつ》も。西日本《にしにほん》に勢力《せいりょく》をのばした。忠盛《ただもり》の死後《しご》、平氏武士団《へいしぶしだん》の棟梁《とうりょう》(かしら)となる。

保元《ほうげん》の乱《らん》(一一五六年《ねん》)で手柄《てがら》を立《た》て、平治《へいじ》の乱《らん》(一一五九年《ねん》)でも勝利《しょうり》して権力《けんりょく》を強《つよ》め、武士《ぶし》で初《はじ》めて公卿《くぎょう》となる。一一六七年《ねん》には太政大臣《だいじょうだいじん》という政界《せいかい》のトップに立《た》った。また、娘《むすめ》を天皇家《てんのうけ》にとつがせるなどして、その地位《ちい》を不動《ふどう》にした。

清盛《きよもり》のおかげで平家一門《へいけいちもん》は繁栄《はんえい》。当時《とうじ》、「平家《へいけ》でなければ人《ひと》でない」といった者《もの》もいるという。だが、源氏《げんじ》との戦《たたか》いで平氏《へいし》の力《ちから》は弱《よわ》まり、清盛《きよもり》は平氏《へいし》の行《ゆ》く末《すえ》を心配《しんぱい》しながら、六十四歳《さい》で病死《びょうし》した。

比《くら》べてみよう!!

何《なに》をした人《ひと》？	武士《ぶし》として初《はじ》めて政権《せいけん》をにぎり、平氏《へいし》を繁栄《はんえい》させた
本名《ほんみょう》は？	平清盛《たいらのきよもり》
生没年《せいぼつねん》は？	1118年《ねん》～1181年《ねん》
何歳《なんさい》で出家《しゅっけ》した？	51歳《さい》
出家後《しゅっけご》の名前《なまえ》は？	浄海《じょうかい》
父親《ちちおや》は？	平忠盛《たいらのただもり》

この作品《さくひん》もチェック！

『保元物語《ほうげんものがたり》』
作者不明《さくしゃふめい》　鎌倉時代《かまくらじだい》の作品《さくひん》

『平治物語《へいじものがたり》』
作者不明《さくしゃふめい》　鎌倉時代《かまくらじだい》の作品《さくひん》

▼74ページ

用語解説《ようごかいせつ》
＊公卿《くぎょう》……太政大臣《だいじょうだいじん》、左大臣《さだいじん》、右大臣《うだいじん》、大納言《だいなごん》、中納言《ちゅうなごん》など、朝廷《ちょうてい》につとめる身分《みぶん》の高《たか》い(三位以上《さんみいじょう》)役人《やくにん》のこと。

見《み》てみよう

世《よ》の中《なか》を動《うご》かした武士《ぶし》たち

平安時代中期《へいあんじだいちゅうき》に活躍《かつやく》した貴族《きぞく》の藤原氏《ふじわらし》が勢力《せいりょく》を弱《よわ》めていく一方《いっぽう》で、武士《ぶし》である平氏《へいし》と源氏《げんじ》が力《ちから》をつけていきます。平安時代末期《へいあんじだいまっき》は、平氏《へいし》と源氏《げんじ》が権力争《けんりょくあらそ》いをした時代《じだい》です。

貴族《きぞく》より上《うえ》にのぼりつめた平氏《へいし》

❶武士《ぶし》として初《はつ》の公卿《くぎょう》に

一一六〇年《ねん》、平清盛《たいらのきよもり》は武士《ぶし》として初《はじ》めて公卿《くぎょう》(▼5ページ)になる。その後《ご》も昇進《しょうしん》を続《つづ》け、平氏《へいし》の力《ちから》を強《つよ》めていった。一一六七年《ねん》には、一番高《いちばんたか》い位《くらい》である太政大臣《だいじょうだいじん》までのぼりつめた。

❷藤原氏《ふじわらし》のまね!? 娘《むすめ》を天皇家《てんのうけ》へ

清盛《きよもり》は、娘《むすめ》の徳子《とくこ》を高倉天皇《たかくらてんのう》の妻《つま》にした。徳子《とくこ》は皇子《おうじ》(安徳天皇《あんとくてんのう》)を生《う》んだ。清盛《きよもり》は将来《しょうらい》の天皇《てんのう》の祖父《そふ》として、ますます権力《けんりょく》を強《つよ》めていった。そして、平家一門《へいけいちもん》を朝廷《ちょうてい》の高《たか》い地位《ちい》につけた。

天皇家《てんのうけ》と親戚《しんせき》になることで、政治的《せいじてき》な力《ちから》を強《つよ》めるやり方《かた》は、平安時代中期《へいあんじだいちゅうき》に活躍《かつやく》した藤原氏一族《ふじわらしいちぞく》のやり方《かた》を参考《さんこう》にしたのだろう。

❸じょうずに資産《しさん》づくり! 日宋貿易《にっそうぼうえき》

朝廷《ちょうてい》の海外交易《かいがいこうえき》は、八九四年《ねん》の遣唐使《けんとうし》の廃止《はいし》からストップしていた。しかし、一般《いっぱん》の商人《しょうにん》によって、貿易《ぼうえき》はおこなわれていた。清盛《きよもり》の父《ちち》の忠盛《ただもり》はそこに目《め》をつけて、貿易《ぼうえき》を独占《どくせん》した。宋《そう》との貿易《ぼうえき》で財力《ざいりょく》をつけた平氏《へいし》は、よい武器《ぶき》や馬《うま》をそろえ、高《たか》い給料《きゅうりょう》で武士《ぶし》を集《あつ》め、軍事的《ぐんじてき》な力《ちから》を強化《きょうか》していった。

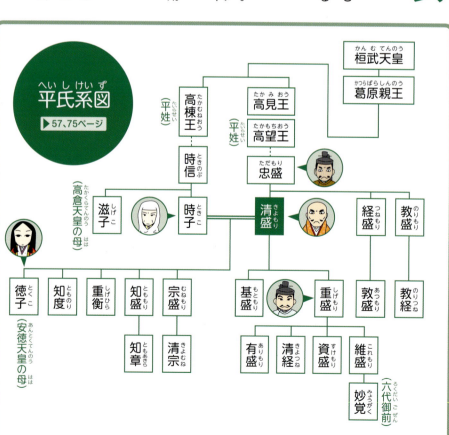

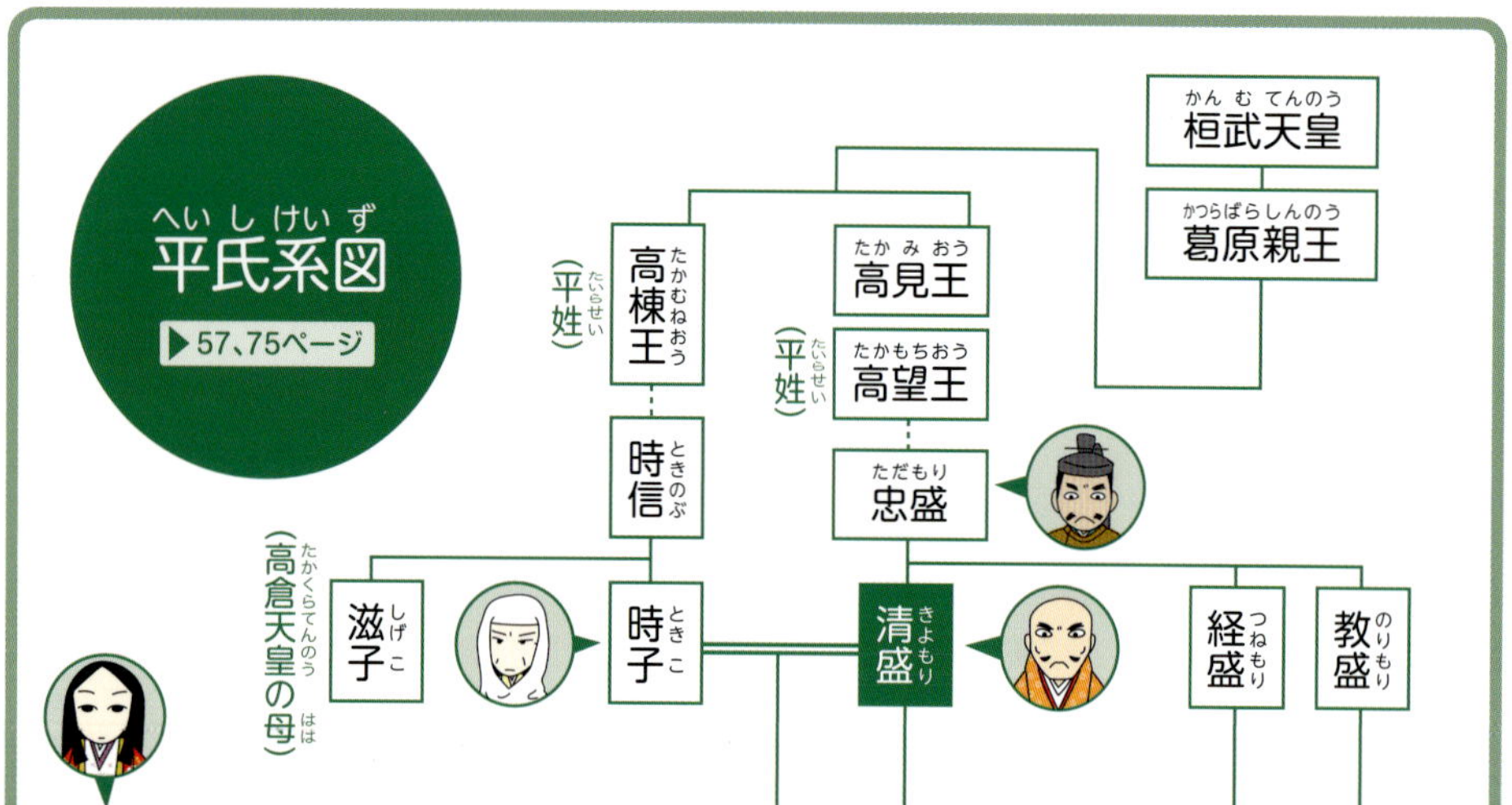

東国《とうごく》を拠点《きょてん》に勢力《せいりょく》をのばす源氏《げんじ》

❶東北《とうほく》を制圧《せいあつ》

一〇五一年《ねん》に東北《とうほく》で起《お》きた前九年《ぜんくねん》の役《えき》で源頼義《みなもとのよりよし》、義家《よしいえ》の親子《おやこ》が活躍《かつやく》。一〇八三年《ねん》にも東北《とうほく》で後三年《ごさんねん》の役《えき》が起《お》こり、義家《よしいえ》が活躍《かつやく》する。これらの反乱《はんらん》をしずめたことで、源氏《げんじ》の武士《ぶし》たちは勢力《せいりょく》をのばしていった。また、朝廷《ちょうてい》の警備《けいび》をおこなう「北面《ほくめん》の武士《ぶし》」として、朝廷《ちょうてい》の信頼《しんらい》を得《え》るようになっていた源氏《げんじ》は、しだいに皇室《こうしつ》の内部《ないぶ》争《あらそ》いにかかわるようになる。

❷源頼朝《みなもとのよりとも》が征夷大将軍《せいいたいしょうぐん》に

後白河院《ごしらかわいん》や貴族《きぞく》たちの反発《はんぱつ》を受《う》けて孤立《こりつ》した平氏《へいし》に対《たい》し、一一八〇年《ねん》、源《みなもとの》頼朝《よりとも》や木曽義仲《きそよしなか》らが挙兵《きょへい》。源氏《げんじ》は鎌倉《かまくら》を中心《ちゅうしん》に関東一帯《かんとういったい》を支配《しはい》し、一一八五年《ねん》の壇《だん》の浦《うら》の戦《たたか》いで、平氏《へいし》を滅亡《めつぼう》させた。一一九二年《ねん》、頼朝《よりとも》が朝廷《ちょうてい》から征夷《せいい》大将軍《たいしょうぐん》に任命《にんめい》された。

❸鎌倉幕府《かまくらばくふ》を開《ひら》く

征夷大将軍《せいいたいしょうぐん》になった頼朝《よりとも》は鎌倉《かまくら》に幕府《ばくふ》を開《ひら》き、武士《ぶし》による政治《せいじ》をおこなった。京《きょう》には朝廷《ちょうてい》があって、天皇《てんのう》や院《いん》、貴族《きぞく》らによる政治《せいじ》が続《つづ》いていたが、それはほとんど形《かたち》だけになっていた。鎌倉幕府《かまくらばくふ》は、一三三三年《ねん》に滅《ほろ》びるまで、約《やく》一五〇年間《ねんかん》続《つづ》いた。

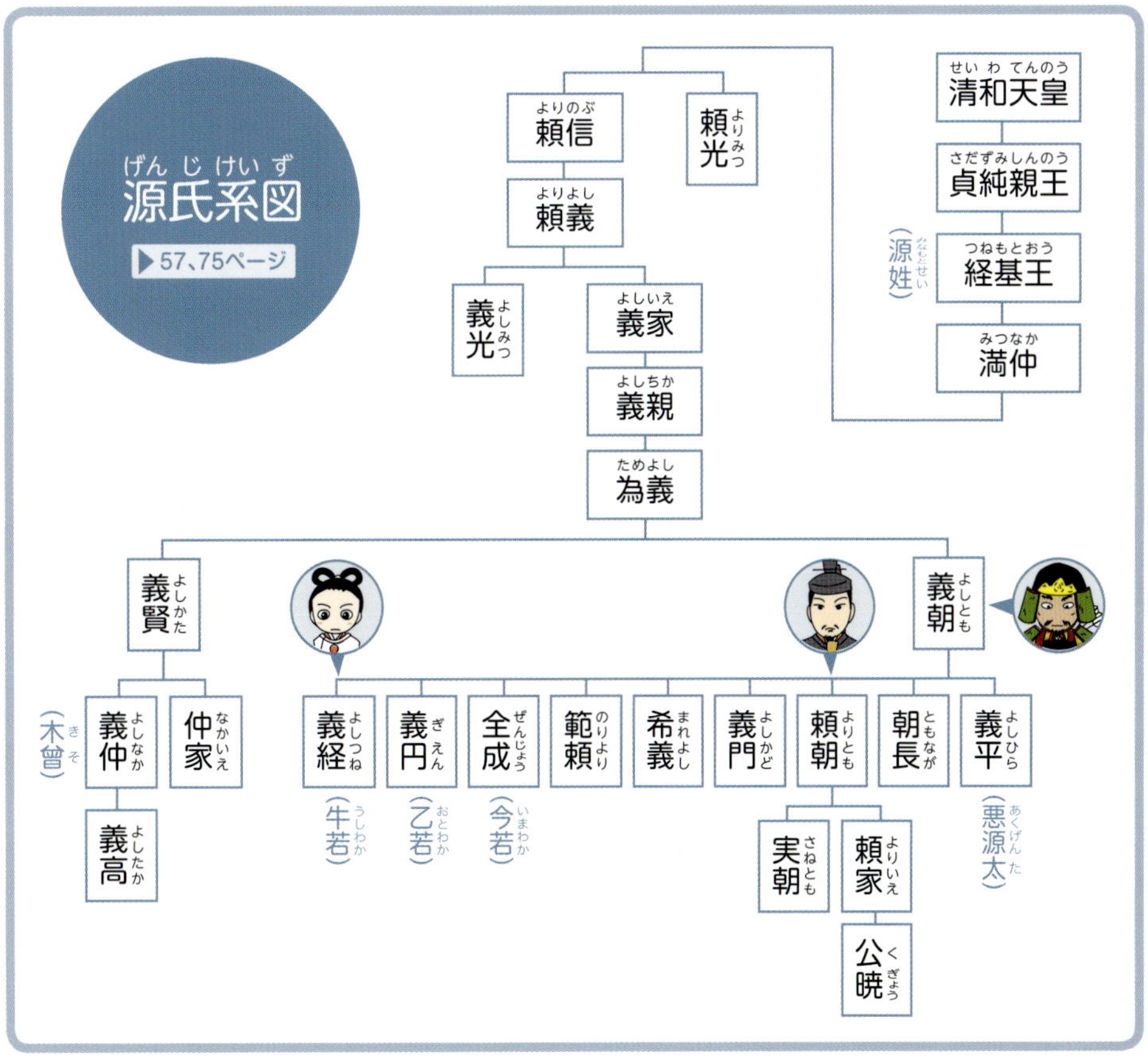
源氏系図《げんじけいず》
▶57、75ページ
清和天皇《せいわてんのう》
貞純親王《さだずみしんのう》
経基王《つねもとおう》
満仲《みつなか》
(源姓《みなもとせい》)
頼信《よりのぶ》
頼光《よりみつ》
頼義《よりよし》
義光《よしみつ》
義家《よしいえ》
義親《よしちか》
為義《ためよし》
義賢《よしかた》
義朝《よしとも》
義仲《よしなか》
(木曽《きそ》)
仲家《なかいえ》
義高《よしたか》
義経《よしつね》
(牛若《うしわか》)
義円《ぎえん》
(乙若《おとわか》)
全成《ぜんじょう》
(今若《いまわか》)
範頼《のりより》
希義《まれよし》
義門《よしかど》
頼朝《よりとも》
朝長《ともなが》
義平《よしひら》
(悪源太《あくげんた》)
実朝《さねとも》
頼家《よりいえ》
公暁《くぎょう》

平氏《へいし》や源氏《げんじ》と深《ふか》いかかわりをもった皇室《こうしつ》

平氏《へいし》と源氏《げんじ》が巨大《きょだい》な力《ちから》をもてた理由《りゆう》に、高《たか》い身分《みぶん》を手《て》に入《い》れたことがある。皇室《こうしつ》との結《むす》びつきを強《つよ》くすることで地位《ちい》をあげていった。平氏《へいし》は娘《むすめ》を天皇《てんのう》の妻《つま》にし、平氏《へいし》の血《ち》をひく天皇《てんのう》が誕生《たんじょう》することとなる。

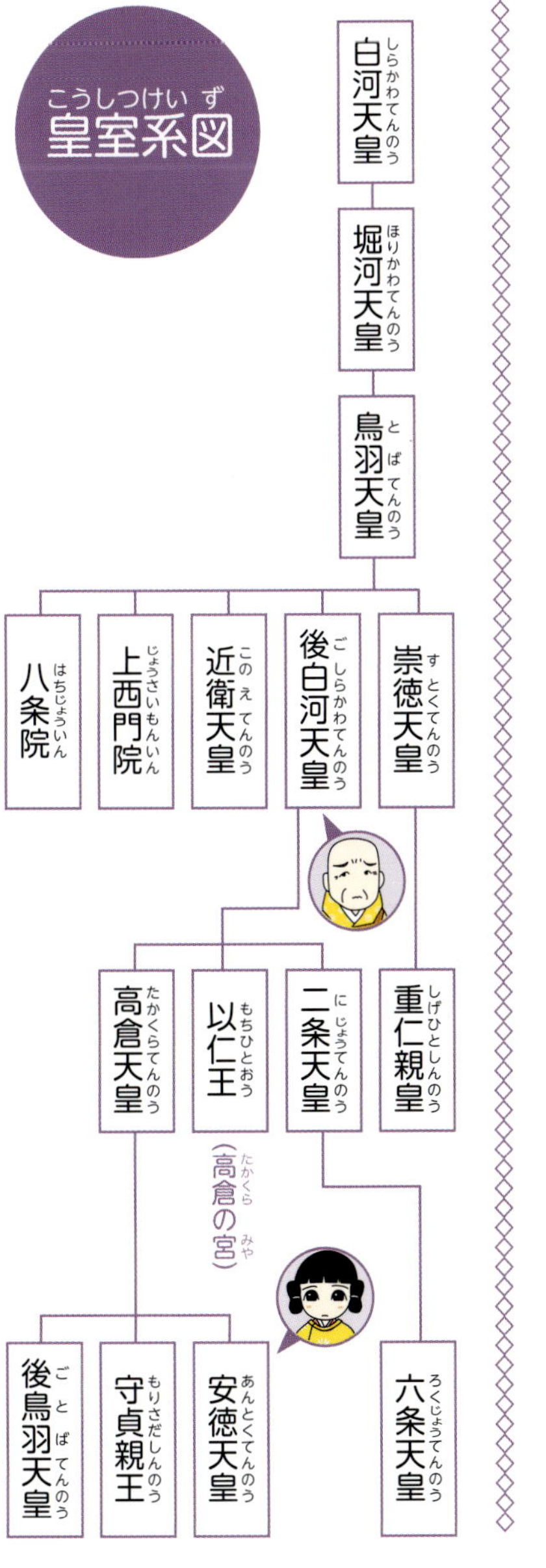
皇室系図《こうしつけいず》
白河天皇《しらかわてんのう》
堀河天皇《ほりかわてんのう》
鳥羽天皇《とばてんのう》
崇徳天皇《すとくてんのう》
後白河天皇《ごしらかわてんのう》
近衛天皇《このえてんのう》
上西門院《じょうさいもんいん》
八条院《はちじょういん》
重仁親王《しげひとしんのう》
二条天皇《にじょうてんのう》
以仁王《もちひとおう》
(高倉の宮《たかくらのみや》)
高倉天皇《たかくらてんのう》
六条天皇《ろくじょうてんのう》
安徳天皇《あんとくてんのう》
守貞親王《もりさだしんのう》
後鳥羽天皇《ごとばてんのう》

戦《いくさ》のたえない時代《じだい》

平氏《へいし》と源氏《げんじ》との権力争《けんりょくあらそ》い、幕府《ばくふ》と朝廷《ちょうてい》の戦《たたか》い、戦国大名《せんごくだいみょう》による戦乱《せんらん》……など、平安時代末期《へいあんじだいまっき》から豊臣秀吉《とよとみひでよし》が天下統一《てんかとういつ》をするまでの五百年《ねん》あまり、日本《にほん》は争《あらそ》いや戦《たたか》いの連続《れんぞく》でした。

武士《ぶし》の世《よ》の中《なか》へ

一一五六年《ねん》 保元《ほうげん》の乱《らん》
後白河天皇方《ごしらかわてんのうがた》 × 崇徳院方《すとくいんがた》

平氏《へいし》が力《ちから》をもちはじめる

一一五九年《ねん》 平治《へいじ》の乱《らん》
信西《しんぜい》（藤原通憲《ふじわらのみちのり》）・平清盛《たいらのきよもり》 × 藤原信頼《ふじわらのぶより》・源義朝《みなもとのよしとも》

打倒《だとう》！平氏《へいし》へ

一一八〇年《ねん》 以仁王《もちひとおう》の挙兵《きょへい》
平氏《へいし》 × 源氏《げんじ》

平氏滅亡《へいしめつぼう》

一一八〇～一一八五年《ねん》 源平合戦《げんぺいがっせん》
源氏《げんじ》 × 平氏《へいし》

一二二一年《ねん》 承久《じょうきゅう》の乱《らん》
鎌倉幕府《かまくらばくふ》 × 後鳥羽院《ごとばいん》

一二七四年《ねん》 文永《ぶんえい》の役《えき》
鎌倉幕府《かまくらばくふ》 × 元《げん》・高麗《こうらい》

鎌倉幕府《かまくらばくふ》の力《ちから》がおとろえはじめる

一二八一年《ねん》 弘安《こうあん》の役《えき》
鎌倉幕府《かまくらばくふ》 × 元《げん》・高麗《こうらい》

一三三四年《ねん》 正中《しょうちゅう》の変《へん》
鎌倉幕府《かまくらばくふ》 × 後醍醐天皇《ごだいごてんのう》

豆知識《まめちしき》

日本初《にほんはつ》の歴史《れきし》の評論書《ひょうろんしょ》
『愚管抄《ぐかんしょう》』

鎌倉時代初期《かまくらじだいしょき》に書《か》かれた歴《れき》史《し》の評論《ひょうろん》で、作者《さくしゃ》は天台宗《てんだいしゅう》の僧侶《そうりょ》である慈円《じえん》。一二二〇年《ねん》ごろに成立《せいりつ》した。この作《さく》品《ひん》の中《なか》で慈円《じえん》は、「保元《ほうげん》・平治《へいじ》の乱《らん》以降《いこう》、武士《ぶし》の世《よ》の中《なか》になった」と書《か》いている。

豆知識《まめちしき》

源平合戦《げんぺいがっせん》でくりひろげられた
数々《かずかず》の戦《たたか》い

倶利伽羅峠《くりからとうげ》の戦《たたか》い ▼58ページ

一一八三年《ねん》五月《がつ》、加賀国《かがのくに》（今《いま》の石川県《いしかわけん》）と越中国《えっちゅうのくに》（今《いま》の富山県《とやまけん》）の間《あいだ》にある倶利伽羅峠《くりからとうげ》で、木曾《きそ》義仲軍《よしなかぐん》が平氏軍《へいしぐん》に奇襲《きしゅう》をかけ、大勝《たいしょう》した。

一《いち》の谷《たに》の戦《たたか》い ▼59ページ

一一八四年《ねん》二月《がつ》、摂津国《せっつのくに》（今《いま》の大阪府《おおさかふ》と兵庫県《ひょうごけん》の一部《いちぶ》）の一《いち》の谷《たに》で、源義経軍《みなもとのよしつねぐん》が平氏軍《へいしぐん》に総攻《そうこう》撃《げき》をしかけて大勝《たいしょう》。平氏《へいし》は海《うみ》へ逃《に》げた。

一三三一年《ねん》 元弘《げんこう》の乱《らん》
鎌倉幕府《かまくらばくふ》 × 後醍醐天皇《ごだいごてんのう》

一三三三年《ねん》 鎌倉幕府滅亡《かまくらばくふめつぼう》
楠木正成《くすのきまさしげ》・足利尊氏《あしかがたかうじ》・新田義貞《にったよしさだ》 × 鎌倉幕府《かまくらばくふ》

南北朝《なんぼくちょう》時代《じだい》の幕開《まくあ》け

一三九一年《ねん》 明徳《めいとく》の乱《らん》
室町幕府《むろまちばくふ》 × 山名氏清《やまなうじきよ》・満幸《みつゆき》

一三九九年《ねん》 応永《おうえい》の乱《らん》
室町幕府《むろまちばくふ》 × 大内義弘《おおうちよしひろ》

一四六七年《ねん》 応仁《おうにん》の乱《らん》
細川勝元《ほそかわかつもと》・畠山政長《はたけやままさなが》・斯波義敏《しばよしとし》 × 宗全《そうぜん》（山名持豊《やまなもちとよ》）・畠山義就《はたけやまよしひろ》・斯波義廉《しばよしかど》

一五六〇年《ねん》 桶狭間《おけはざま》の戦《たたか》い
織田信長《おだのぶなが》 × 今川義元《いまがわよしもと》

織田信長《おだのぶなが》が尾張《おわり》を統一《とういつ》

一五七三年《ねん》 室町幕府滅亡《むろまちばくふめつぼう》
織田信長《おだのぶなが》 × 室町幕府《むろまちばくふ》

一五八二年《ねん》 本能寺《ほんのうじ》の変《へん》
明智光秀《あけちみつひで》 × 織田信長《おだのぶなが》

織田信長《おだのぶなが》が死亡《しぼう》

一五八二年《ねん》 山崎《やまざき》の戦《たたか》い
豊臣秀吉《とよとみひでよし》 × 明智光秀《あけちみつひで》

一六〇〇年《ねん》 関ケ原《せきがはら》の戦《たたか》い
徳川家康《とくがわいえやす》 × 石田三成《いしだみつなり》

豊臣秀吉《とよとみひでよし》が天下統一《てんかとういつ》

豆知識《まめちしき》

戦国時代《せんごくじだい》へ

全国各地《ぜんこくかくち》に強力《きょうりょく》な武《ぶ》将《しょう》がたくさんあらわれ、権力《けんりょく》を争《あらそ》った。身《み》分《ぶん》や家柄《いえがら》などは関係《かんけい》なく、力《ちから》の強《つよ》いものが勝《か》ちあがる「下剋上《げこくじょう》」の時代《じだい》の幕開《まくあ》け。

屋島《やしま》の戦《たたか》い ▼59ページ

一一八五年《ねん》二月《がつ》、讃岐国《さぬきのくに》（今《いま》の香川県《かがわけん》）の屋島《やしま》で源義経軍《みなもとのよしつねぐん》が勝《か》ち、平氏軍《へいしぐん》は西《にし》へ逃《に》げる。

壇《だん》の浦《うら》の戦《たたか》い ▼59ページ

一一八五年《ねん》三月《がつ》、源平《げんぺい》最後《さいご》の戦《たたか》い。長門国《ながとのくに》（今《いま》の山口県《やまぐちけん》）の壇《だん》の浦《うら》で、平氏《へいし》が源義経軍《みなもとのよしつねぐん》に敗《やぶ》れ、滅亡《めつぼう》した。

戦《いくさ》にもルールがあった!?

戦乱《せんらん》の時代《じだい》は、力《ちから》の強《つよ》いものが勝《か》つ世《よ》の中《なか》でした。しかし、合戦《かっせん》にはある程度《ていど》のルールもあって、武士《ぶし》たちはそのルールにしたがって戦《たたか》いました。

【戦《いくさ》での格好《かっこう》】

源平《げんぺい》の時代《じだい》、武士《ぶし》たちは鎧《よろい》や兜《かぶと》をつけて戦《たたか》った。上級武士《じょうきゅうぶし》たちが着《き》るもっとも立派《りっぱ》な鎧《よろい》が「大鎧《おおよろい》」。牛《うし》の革《かわ》や鉄板《てっぱん》などでできていて、重《おも》さは二十〜三十キログラムもある。

当時《とうじ》は、馬《うま》に乗《の》って弓矢《ゆみや》で戦《たたか》っていた。そのため、鎧《よろい》や兜《かぶと》は弓《ゆみ》が使《つか》いやすく、矢《や》の攻撃《こうげき》から身《み》を守《まも》るつくりになっている。たとえば、草摺《くさずり》を馬《うま》の鞍《くら》にかけることで、鎧《よろい》の重《おも》さを馬《うま》にあずけられるようになっている。鳩尾《きゅうび》の板《いた》や栴檀《せんだん》の板《いた》は、弓《ゆみ》を射《い》るときに開《ひら》く脇《わき》と胸《むね》を守《まも》るため。兜《かぶと》の吹返《ふきかえし》がのちの時《じ》代《だい》のものより大《おお》きいのは、頭《あたま》を飛《と》んでくる矢《や》から守《まも》るため。

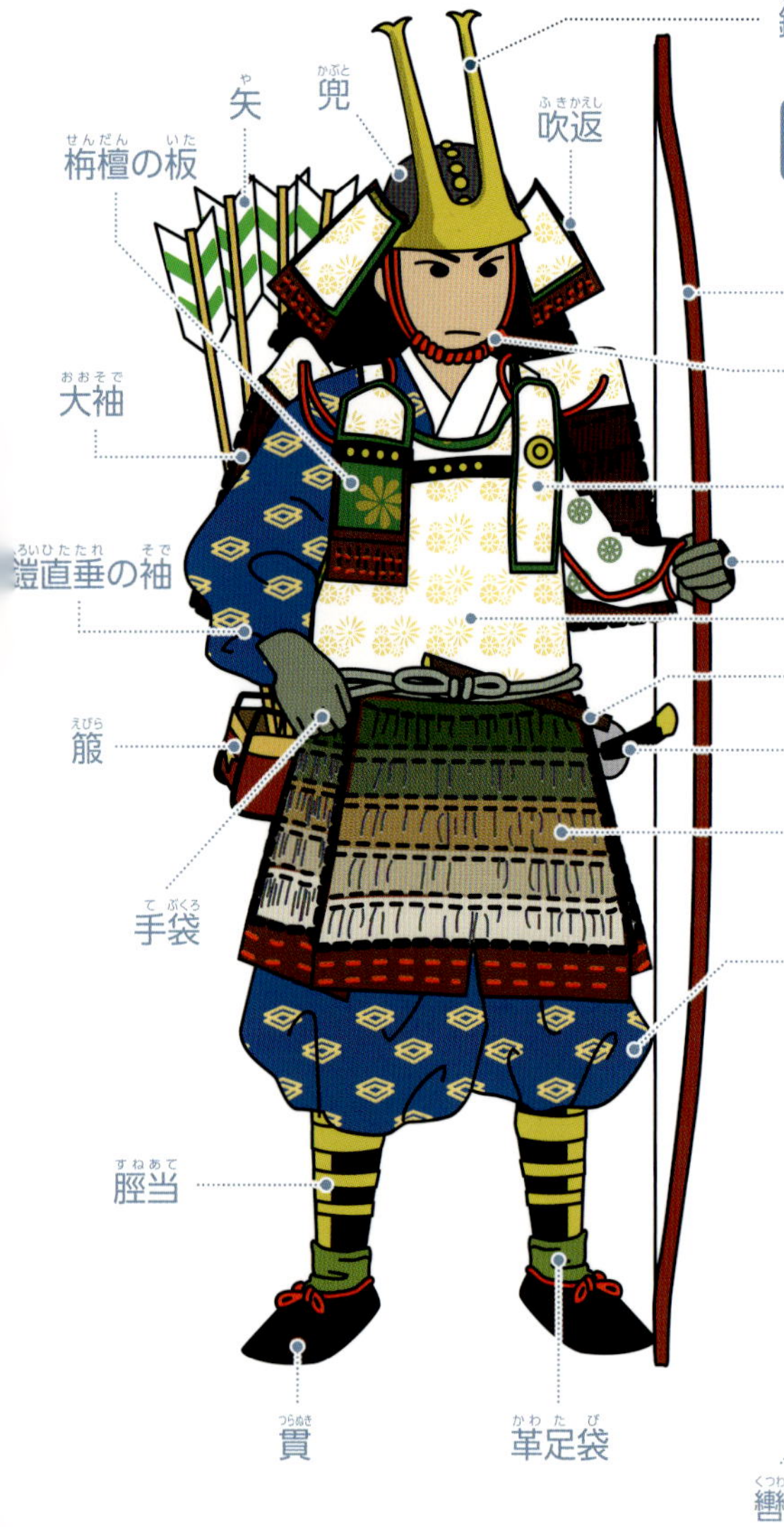
鍬形《くわがた》
兜《かぶと》
矢《や》
吹返《ふきかえし》
栴檀《せんだん》の板《いた》
弓《ゆみ》
兜《かぶと》の緒《お》
大袖《おおそで》
鳩尾《きゅうび》の板《いた》
籠手《こて》
鎧直垂《よろいひたたれ》の袖《そで》
弦走《つるばしり》
腰刀《こしがたな》
太刀《たち》
箙《えびら》
草摺《くさずり》
鎧直垂《よろいひたたれ》の袴《はかま》
手袋《てぶくろ》
脛当《すねあて》
貫《つらぬき》
革足袋《かわたび》

大鎧《おおよろい》

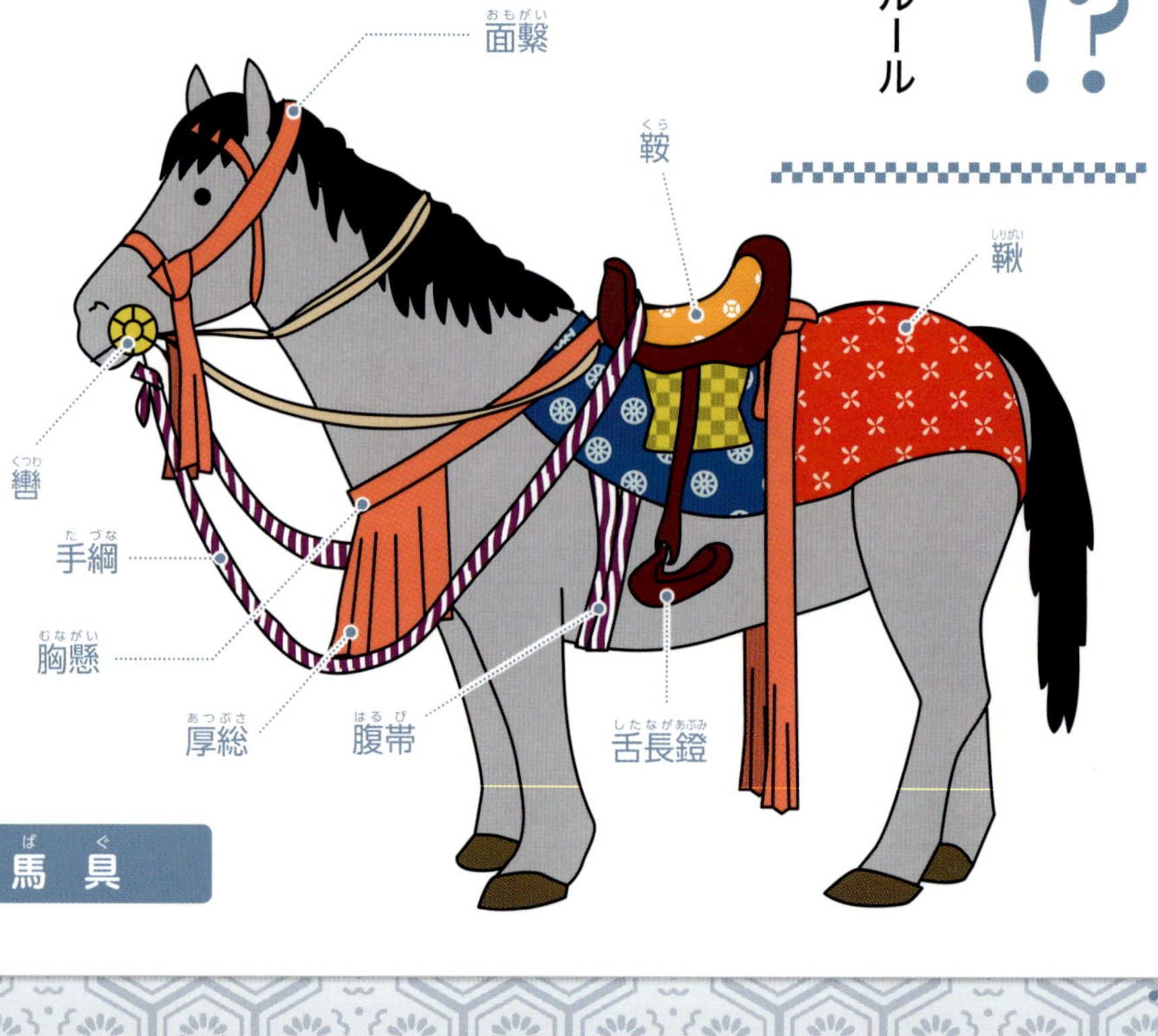
面繋《おもがい》
鞍《くら》
鞦《しりがい》
轡《くつわ》
手綱《たづな》
胸懸《むながい》
厚総《あつぶさ》
腹帯《はるび》
舌長鐙《したながあぶみ》

馬具《ばぐ》

戦《いくさ》の進《すす》め方《かた》

戦《いくさ》のはじめ方《かた》や進《すす》め方《かた》にもある程度《ていど》ルールがあった。ルールを重《おも》んじて、正々堂々《せいせいどうどう》と戦《たたか》う武士《ぶし》は、立派《りっぱ》な武士《ぶし》として尊敬《そんけい》された。

❶名《な》のりをあげる

合戦《かっせん》は両軍《りょうぐん》がそろってからはじまる。まず、それぞれの軍《ぐん》の代表《だいひょう》が前《まえ》に進《すす》み出《で》て、自分《じぶん》の身分《みぶん》や名前《なまえ》、血《ち》すじなどを大《おお》きな声《こえ》で名《な》のりあう。そして、この合戦《かっせん》が正義《せいぎ》のためであることを宣言《せんげん》し、味方《みかた》の気持《きも》ちを高《たか》めた。

❷鏑矢《かぶらや》を飛《と》ばす

合戦開始《かっせんかいし》の合図《あいず》のために鏑矢《かぶらや》（矢《や》の先端《せんたん》に丸《まる》い筒状《つつじょう》のかざりをつけたもの ▼71ページ）を敵陣《てきじん》に向《む》かって射《い》る。鏑矢《かぶらや》はヒューッという音《おと》を立《た》てて飛《と》ぶ。相手方《あいてがた》からも同《おな》じように、鏑矢《かぶらや》が飛《と》んでくる。

❸全体《ぜんたい》の合戦《かっせん》がスタート

鏑矢《かぶらや》が合図《あいず》になって、いっせいに合戦《かっせん》がはじまる。戦《たたか》いの初《はじ》めは、たがいに矢《や》を射《い》る。そして、馬《うま》を走《はし》らせて敵陣《てきじん》に近《ちか》づき、馬上《ばじょう》から次々《つぎつぎ》に射《い》る。一番《いちばん》に敵陣《てきじん》に攻《せ》め入《い》ることは「先《さき》がけ」「一番《いちばん》がけ」といって手柄《てがら》とされた。

武士《ぶし》のくらし

鎌倉時代《かまくらじだい》の武士《ぶし》は、平安時代《へいあんじだい》の貴族《きぞく》や庶民《しょみん》の服装《ふくそう》を基本《きほん》に、武家風《ぶけふう》に変化《へんか》させた着物《きもの》を着《き》ていました。また、合戦《かっせん》のための訓練《くんれん》も仕事《しごと》の一部《いちぶ》でした。

【武士《ぶし》の服装《ふくそう》】

女性《じょせい》

袿袴《うちぎばかま》

平安時代《へいあんじだい》の服装《ふくそう》に比《くら》べて、動《うご》きやすく変化《へんか》した。

男性《だんせい》

直垂《ひたたれ》

平安時代《へいあんじだい》には直垂《ひたたれ》は庶民《しょみん》の衣服《いふく》だったが、鎌倉時代《かまくらじだい》には武士《ぶし》もふだん着《ぎ》として着《き》るようになった。頭《あたま》には侍烏帽子《さむらいえぼし》をかぶった。

【住《す》まい】

牧《まき》と厩《うまや》

牧《まき》は、馬《うま》を訓練《くんれん》させたり、運動《うんどう》させたりする場所《ばしょ》。厩《うまや》は、夜《よる》に馬《うま》を休《やす》ませる場所。

厨《くりや》

今《いま》でいう台所《だいどころ》。武士《ぶし》の家《いえ》ではたくさんの人《ひと》の料理《りょうり》をつくるため、料理専《りょうりせん》用《よう》の建物《たてもの》があった。

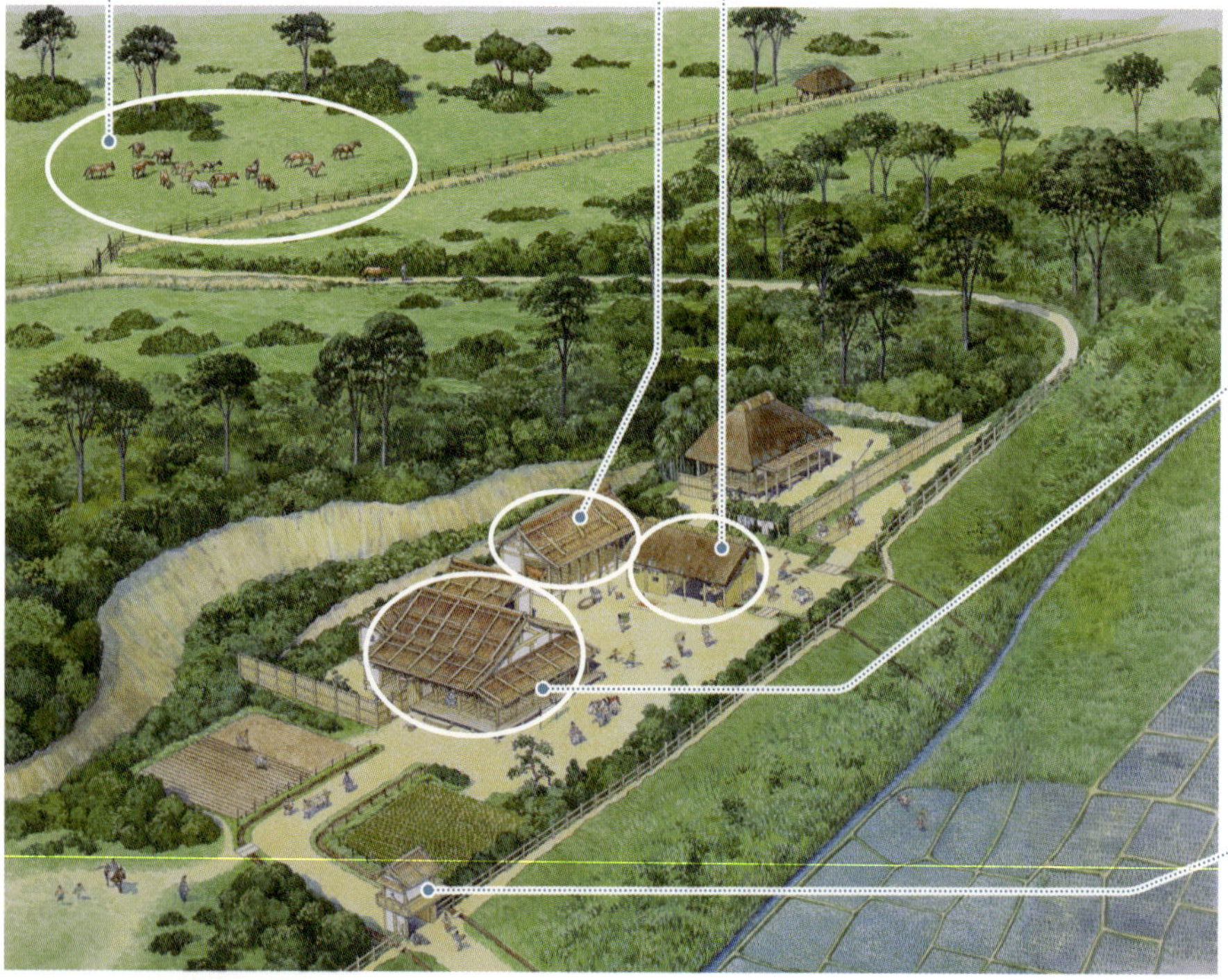

所蔵先：歴史復元画家　中西立太

主屋《おもや》

主人《しゅじん》の一家《いっか》がくらしたり、お客《きゃく》さんをむかえたりする建物《たてもの》。大《おお》きな屋根《やね》で、遠《とお》くからでも主人《しゅじん》が住《す》む家《いえ》とわかる。

四足門《よつあしもん》

2本《ほん》の大《おお》きな柱《はしら》の前後《ぜんご》に4本《ほん》の柱《はしら》をつけた門《もん》。

日々《ひび》の訓練《くんれん》

武士《ぶし》はいつ合戦《かっせん》があっても戦《たたか》えるように、ふだんから戦《いくさ》の訓練《くんれん》をしていた。もっとも大事《だいじ》なのが、馬《うま》をあやつる訓練《くんれん》。飛《と》んでくる矢《や》をよけながら馬《うま》を走《はし》らせる技術《ぎじゅつ》がないと、戦場《せんじょう》ではすぐに命《いのち》を落《お》としてしまう。また、合戦《かっせん》で馬《うま》がおびえないように、馬《うま》の度胸《どきょう》をきたえたり、長《なが》い戦《たたか》いをもちこたえる体力《たいりょく》をつけたりすることも大事《だいじ》だった。

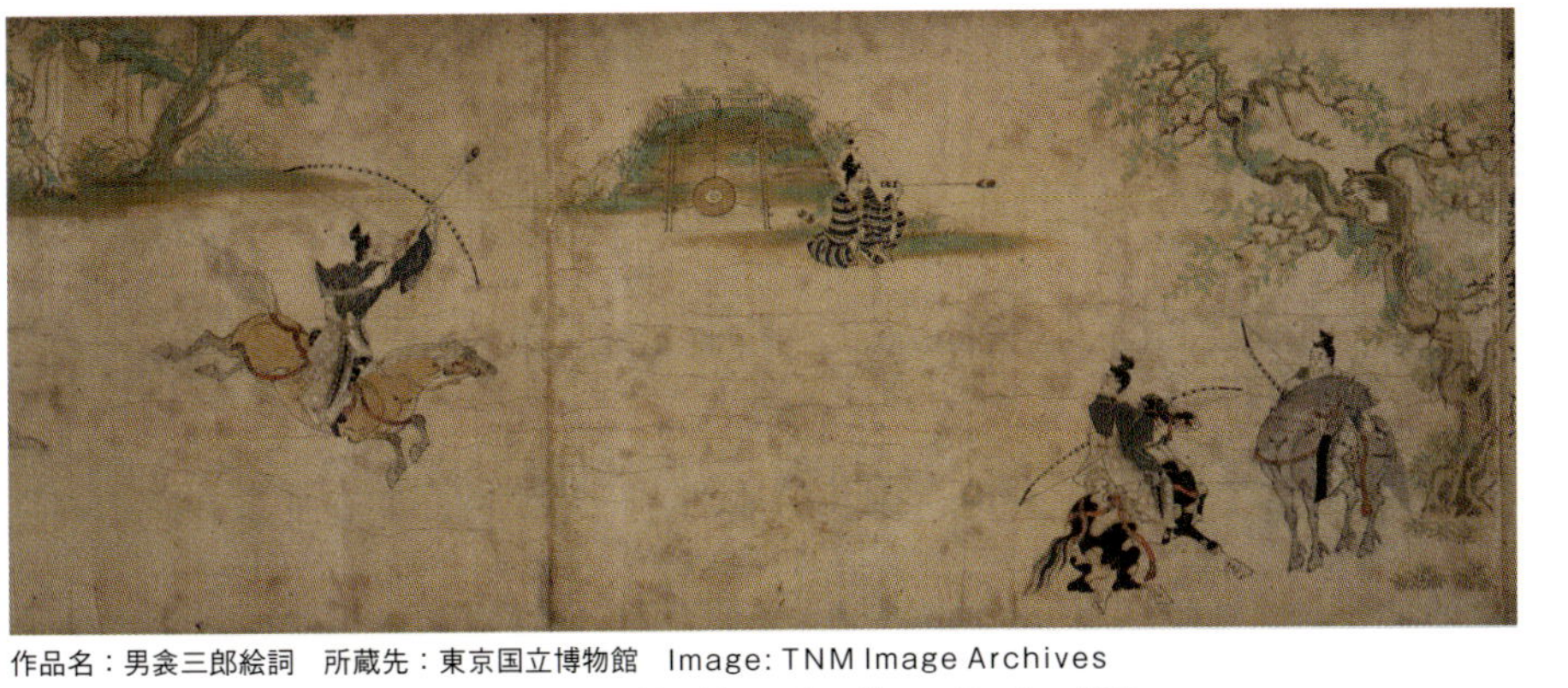

作品名：男衾三郎絵詞　所蔵先：東京国立博物館　Image: TNM Image Archives

鎌倉時代《かまくらじだい》の『男衾三郎絵詞《おぶすまさぶろうえことば》』には、武士《ぶし》が走《はし》る馬《うま》の上《うえ》から矢《や》を放《はな》って的《まと》を射《い》る様子《ようす》がえがかれている。

食事《しょくじ》

ごはんは玄米《げんまい》や、玄米《げんまい》と白米《はくまい》の間《あいだ》の米《こめ》（三分《ぶ》つき米《まい》など）を、強飯《こわいい》や固《かた》がゆにして食《た》べていた。強飯《こわいい》は米《こめ》を蒸《む》したもの。固《かた》がゆは現代《げんだい》のような炊《た》いたごはんのこと。

おかずは魚《さかな》や野菜《やさい》、海草《かいそう》、汁物《しるもの》、ひしお、梅干《うめぼし》などを食《た》べていた。ひしおは、米《こめ》や麦《むぎ》を発酵《はっこう》させた味噌《みそ》のようなもの。

武士《ぶし》の気風《きふう》を反映《はんえい》した力強《ちからづよ》い文化《ぶんか》

東大寺《とうだいじ》の金剛力士像《こんごうりきしぞう》。

写真提供：公益財団法人 美術院

世《よ》の中《なか》が武士中心《ぶしちゅうしん》の時代《じだい》になって、武家文化《ぶけぶんか》が生《う》まれた。貴族《きぞく》の公《く》家文化《げぶんか》が華美《かび》で風流《ふうりゅう》だったのに対《たい》して、武家文化《ぶけぶんか》は、素朴《そぼく》で質実剛健《しつじつごうけん》、力強《ちからづよ》いのが特徴《とくちょう》。屋敷《やしき》も実用性《じつようせい》を重視《じゅうし》して、よけいな飾《かざ》りなどをしないシンプルな造《つく》りを好《この》んだ。工芸《こうげい》品《ひん》も鎧兜《よろいかぶと》や刀剣《とうけん》などの武具《ぶぐ》が中心《ちゅうしん》。

東大寺南大門《とうだいじなんだいもん》や、運慶《うんけい》・快慶《かいけい》らの作《さく》とされる金剛力士像《こんごうりきしぞう》は、写実的《しゃじつてき》で力強《ちからづよ》く、武家文化《ぶけぶんか》の特徴《とくちょう》をもっともよくあらわしている。

庶民《しょみん》のくらしと仏教《ぶっきょう》

庶民《しょみん》のほとんどは農民《のうみん》で、米《こめ》や麦《むぎ》などの作物《さくもつ》を育《そだ》てて、税《ぜい》を納《おさ》めていました。天災《てんさい》で作《さく》物《もつ》がとれない年《とし》でも税《ぜい》は納《おさ》めなくてはならず、その生活《せいかつ》は苦《くる》しいものでした。

【庶民《しょみん》の服装《ふくそう》】

男性《だんせい》

小袖《こそで》と袴《はかま》

袖《そで》の小《ちい》さい小袖《こそで》と袴《はかま》を着《き》ていた。動《うご》きやすい服装《ふくそう》になっている。庶民《しょみん》も烏帽子《えぼし》をかぶっていた。

女性《じょせい》

小袖《こそで》

小袖《こそで》を着《き》ていた。動《うご》きやすいように、足下《あしもと》はすそをあげている。

【住《す》まい】

庶民《しょみん》は地面《じめん》に穴《あな》をほり、柱《はしら》を立《た》ててつくった家《いえ》に住《す》んでいた。屋根《やね》は板《いた》や樹皮《じゅひ》をはり、風《かぜ》で飛《と》ばないように木《き》の横棒《よこぼう》でおさえてある。板《いた》や樹皮《じゅひ》でつくった屋《や》根《ね》は雨《あめ》でくさりやすく、何度《なんど》も修理《しゅうり》をする必要《ひつよう》があった。

家《いえ》の中《なか》は、土間《どま》と、土間《どま》より一《いち》段高《だんたか》い板《いた》の間《ま》に分《わ》かれていた。板《いた》の間《ま》にはたたみのようなものを敷《し》いた。家《いえ》の壁《かべ》は板《いた》をはりあわせたもので、柱《はしら》は細《ほそ》い角材《かくざい》を使《つか》っていた。

この時代《じだい》には庶民《しょみん》も鉄製品《てつせいひん》を使《つか》うようになり、大工道具《だいくどうぐ》もあったので、木《き》を加工《かこう》することができた。

作品名：春日権現験記　所蔵先：国立国会図書館

『春日権現験記《かすがごんげんけんき》』の絵巻《えまき》には、庶民《しょみん》が住《す》んでいた住居《じゅうきょ》がえがかれている。板敷《いたじ》きの床《ゆか》の部分《ぶぶん》には、たたみのようなものが敷《し》かれ、暖《あたた》かくすごせるようになっている。

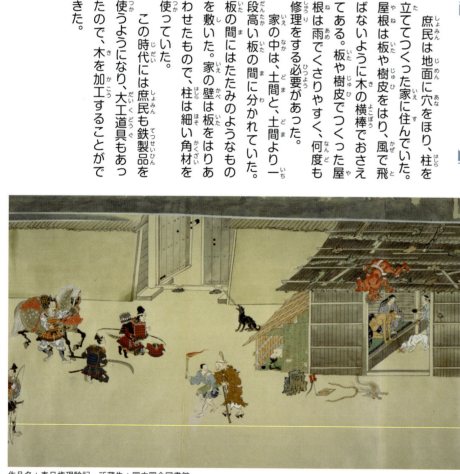

新《あたら》しい仏教《ぶっきょう》が民衆《みんしゅう》へ

戦乱《せんらん》や飢饉《ききん》、伝染病《でんせんびょう》などが続《つづ》いて、人々《ひとびと》は苦《くる》しい生活《せいかつ》をおくっていた。貴族《きぞく》も武士《ぶし》も庶民《しょみん》もみんな、仏教《ぶっきょう》に救《すく》いを求《もと》めるようになっていった。昔《むかし》からある仏教《ぶっきょう》を見直《みなお》す一方《いっぽう》で、新《あたら》しい仏教《ぶっきょう》も多《おお》く生《う》まれた。新《あたら》しい仏教《ぶっきょう》は僧《そう》が辻説法《つじせっぽう》をおこなうなど、念仏《ねんぶつ》をとなえたり、座禅《ざぜん》を組《く》んだりと、だれもができる方法《ほうほう》で極楽浄土《ごくらくじょうど》へ行《い》けると説《と》き、広《ひろ》く人々《ひとびと》に受《う》け入《い》れられた。

作品名：一遍聖絵第五巻第五段
所蔵先：清浄光寺（遊行寺）

鎌倉《かまくら》に入《はい》ろうとした一遍上人《いっぺんしょうにん》が武士《ぶし》に止《と》められている場面《ばめん》が『一遍聖絵《いっぺんひじりえ》』にえがかれている。

新仏教《しんぶっきょう》の開祖《かいそ》と誕生地《たんじょうち》

親鸞《しんらん》

浄土真宗《じょうどしんしゅう》の開祖《かいそ》。師《し》の法然《ほうねん》の教《おし》えをさらに進《すす》めて、一心《いっしん》に念仏《ねんぶつ》をとなえることが大事《だいじ》と説《と》いた。また、罪《つみ》をおかした人《ひと》(悪人《あくにん》)こそが救《すく》われると説《と》いた。武士《ぶし》や庶民《しょみん》に広《ひろ》まった。

道元《どうげん》

曹洞宗《そうとうしゅう》の開祖《かいそ》。ひたすら座禅《ざぜん》を組《く》むことで悟《さと》りを開《ひら》けると説《と》いた。貴族《きぞく》や武士《ぶし》に広《ひろ》まった。

日蓮《にちれん》

日蓮宗《にちれんしゅう》(法華宗《ほっけしゅう》)の開祖《かいそ》。法華経《ほけきょう》の題目《だいもく》(南無妙法蓮華経《なむみょうほうれんげきょう》)をとなえれば、人《ひと》も国《くに》も救《すく》われると説《と》いた。ほかの仏教《ぶっきょう》を否定《ひてい》。武士《ぶし》や商工人《しょうこうにん》に広《ひろ》まった。

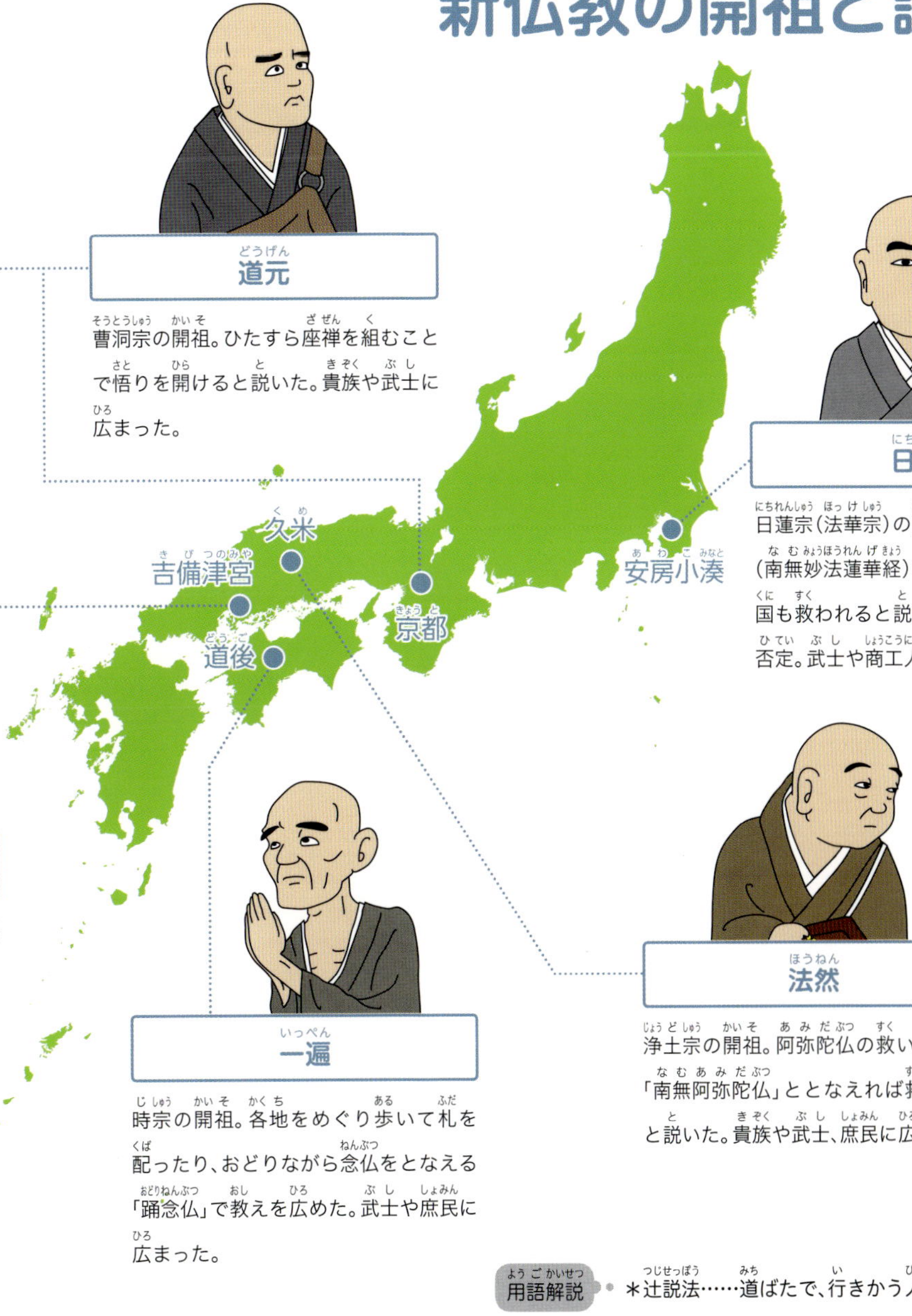

栄西《えいさい》

臨済宗《りんざいしゅう》を中国《ちゅうごく》から伝《つた》えた。座禅《ざぜん》や禅問答《ぜんもんどう》で悟《さと》りを開《ひら》けると説《と》いた。貴族《きぞく》や武士《ぶし》に広《ひろ》まった。

一遍《いっぺん》

時宗《じしゅう》の開祖《かいそ》。各地《かくち》をめぐり歩《ある》いて札《ふだ》を配《くば》ったり、おどりながら念仏《ねんぶつ》をとなえる「踊念仏《おどりねんぶつ》」で教《おし》えを広《ひろ》めた。武士《ぶし》や庶民《しょみん》に広《ひろ》まった。

法然《ほうねん》

浄土宗《じょうどしゅう》の開祖《かいそ》。阿弥陀仏《あみだぶつ》の救《すく》いを信《しん》じ、「南無阿弥陀仏《なむあみだぶつ》」ととなえれば救《すく》われると説《と》いた。貴族《きぞく》や武士《ぶし》、庶民《しょみん》に広《ひろ》まった。

用語解説《ようごかいせつ》　＊辻説法《つじせっぽう》……道《みち》ばたで、行《い》きかう人々《ひとびと》に教《おし》えを説《と》くこと。

さまざまな文学《ぶんがく》の誕生《たんじょう》と移《うつ》りかわり

中世《ちゅうせい》以降《いこう》、古代《こだい》の和歌《わか》や物語《ものがたり》、説話《せつわ》が発展《はってん》して新《あたら》しいジャンルの文学《ぶんがく》が生《う》まれました。どのような文学《ぶんがく》の影響《えいきょう》を受《う》けて、どのように発展《はってん》していったのか見《み》てみましょう。

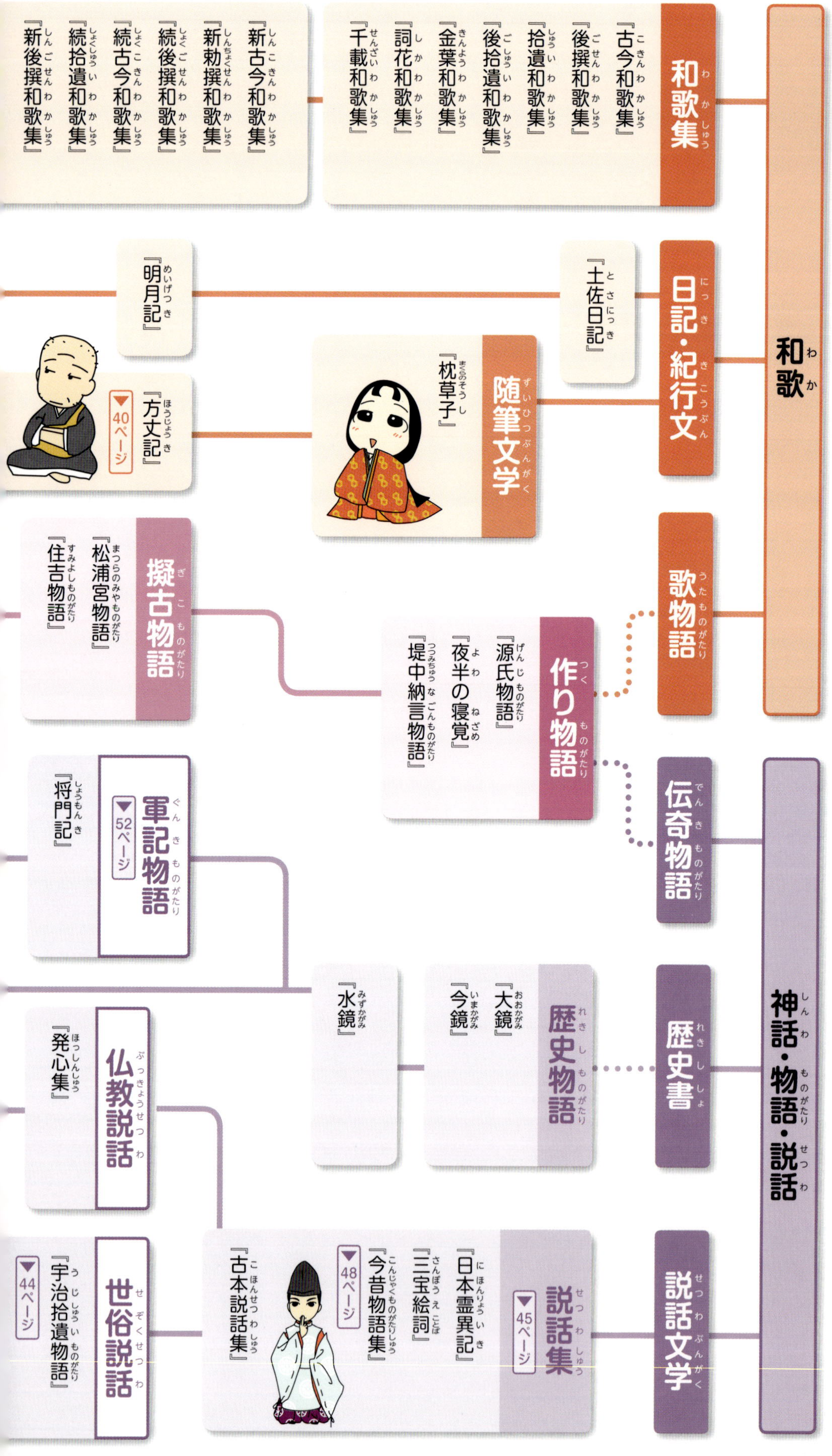

近世《きんせい》

『玉葉和歌集《ぎょくようわかしゅう》』
『続千載和歌集《しょくせんざいわかしゅう》』
『続後拾遺和歌集《しょくごしゅういわかしゅう》』
『風雅和歌集《ふうがわかしゅう》』
『新千載和歌集《しんせんざいわかしゅう》』
『新拾遺和歌集《しんしゅういわかしゅう》』
『新後拾遺和歌集《しんごしゅういわかしゅう》』
『新続古今和歌集《しんしょくこきんわかしゅう》』

連歌《れんが》

俳諧《はいかい》・俳文《はいぶん》
『奥《おく》の細道《ほそみち》』
『おらが春《はる》』

『徒然草《つれづれぐさ》』
▼21〜39ページ

御伽草子《おとぎぞうし》
「一寸法師《いっすんぼうし》」
「浦島太郎《うらしまたろう》」

仮名草子《かなぞうし》
『醒睡笑《せいすいしょう》』
『可笑記《かしょうき》』

浮世草子《うきよぞうし》
『好色一代男《こうしょくいちだいおとこ》』
『世間胸算用《せけんむねさんよう》』

読本《よみほん》
『雨月物語《うげつものがたり》』
『南総里見八犬伝《なんそうさとみはっけんでん》』

洒落本《しゃれぼん》
『通言総籬《つうげんそうまがき》』

滑稽本《こっけいぼん》
『東海道中膝栗毛《とうかいどうちゅうひざくりげ》』
『浮世風呂《うきよぶろ》』

人情本《にんじょうぼん》
『春色梅児誉美《しゅんしょくうめごよみ》』

『保元物語』

『平治物語《へいじものがたり》』
▼74ページ

『平家物語《へいけものがたり》』
▼53〜73ページ

『太平記《たいへいき》』
『曽我物語《そがものがたり》』
『義経記《ぎけいき》』

『増鏡《ますかがみ》』

『沙石集《しゃせきしゅう》』

『十訓抄《じっきんしょう》』
『古今著聞集《ここんちょもんじゅう》』

草双紙《くさぞうし》
（赤本《あかほん》）
（黒本《くろほん》）
（青本《あおほん》）

黄表紙《きびょうし》

合巻《ごうかん》

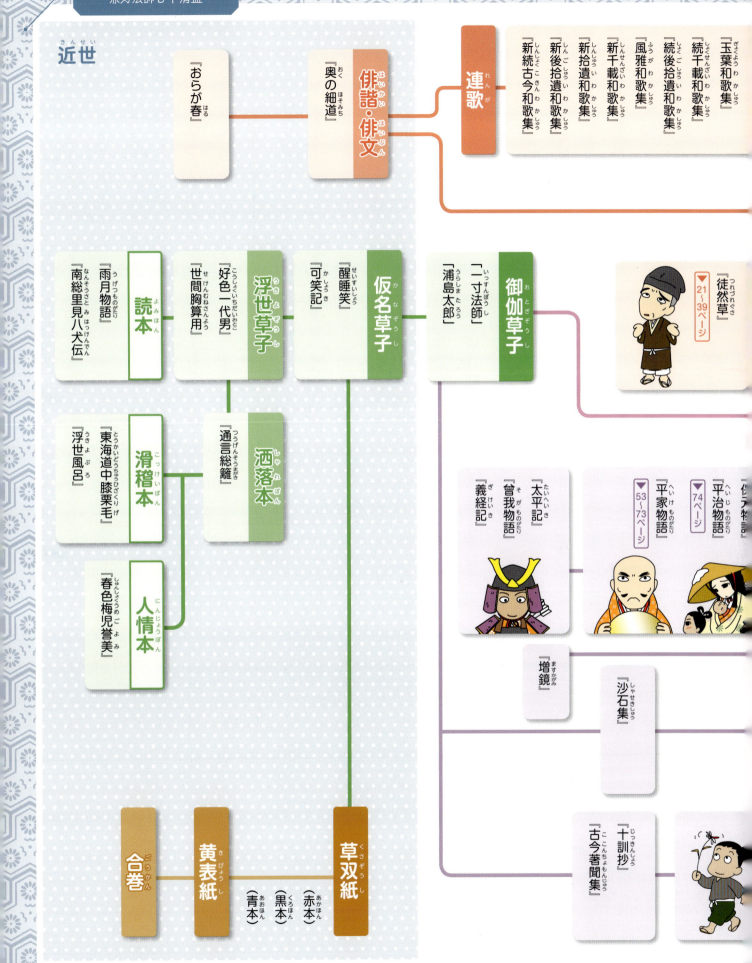

平清盛《たいらのきよもり》と兼好法師《けんこうほうし》&おもなできごとと文学作品年表《ぶんがくさくひんねんぴょう》

清盛《きよもり》と兼好《けんこう》が生《い》きた時代《じだい》には、どんなできごとがあったのでしょうか。歴史的《れきしてき》に重要《じゅうよう》なできごとおもな文学作品《ぶんがくさくひん》を年表《ねんぴょう》で見《み》てみましょう。

【平清盛《たいらのきよもり》】

- 一一一八年《ねん》 1歳《さい》 平氏《へいし》の総大将《そうだいしょう》である平忠盛《たいらのただもり》の長男《ちょうなん》として生《う》まれる
- 十二世紀前半《せいきぜんはん》 『今昔物語集《こんじゃくものがたりしゅう》』▼48ページ がつくられる
- 一一五三年《ねん》 36歳《さい》 忠盛《ただもり》が亡《な》くなり、平氏《へいし》の総大将《そうだいしょう》となる
- 一一五六年《ねん》 39歳《さい》 保元《ほうげん》の乱《らん》で勝利《しょうり》し、播磨守《はりまのかみ》(今《いま》の兵庫県《ひょうごけん》の長官《ちょうかん》)になる
- 一一五九年《ねん》 42歳《さい》 平治《へいじ》の乱《らん》で勝利《しょうり》。源頼朝《みなもとのよりとも》を伊豆《いず》に流《なが》す
- 一一六〇年《ねん》 43歳《さい》 武士《ぶし》として初《はじ》めて公卿《くぎょう》となる
- 一一六一年《ねん》 44歳《さい》 後白河院《ごしらかわいん》と清盛《きよもり》の妻《つま》の妹《いもうと》にあたる滋子《しげこ》との間《あいだ》に憲仁親王《のりひとしんのう》(のちの高倉天皇《たかくらてんのう》)が生《う》まれる
- 一一六四年《ねん》 47歳《さい》 厳島神社《いつくしまじんじゃ》に法華経《ほけきょう》の経巻《きょうかん》(平家納経《へいけのうきょう》)をおさめる 後白河院《ごしらかわいん》のために蓮華王院《れんげおういん》を建《た》てる

【兼好法師《けんこうほうし》】

- 一二〇五年《ねん》 『新古今和歌集《しんこきんわかしゅう》』がつくられる
- 一二一二年《ねん》 このころ鴨長明《かものちょうめい》が『方丈記《ほうじょうき》』▼40ページ、その後《ご》『発心集《ほっしんしゅう》』▼45ページを書《か》く
- 一二二〇年《ねん》 このころ慈円《じえん》が『愚管抄《ぐかんしょう》』▼8ページを書《か》く
- 一二二一年《ねん》 承久《じょうきゅう》の乱《らん》が起《お》こる
- 十三世紀前半《せいきぜんはん》 『宇治拾遺物語《うじしゅういものがたり》』▼44ページ がつくられる
- 十三世紀半《せいきなか》ば 『保元物語《ほうげんものがたり》』▼52ページ『平治物語《へいじものがたり》』▼74ページ『平家物語《へいけものがたり》』▼53~73ページ がつくられる
- 一二五二年《ねん》 『十訓抄《じっきんしょう》』▼45ページ がつくられる
- 一二五四年《ねん》 『古今著聞集《ここんちょもんじゅう》』▼45ページ がつくられる
- 一二七四年《ねん》 文永《ぶんえい》の役《えき》が起《お》こる

- 一一六七年《ねん》　50歳《さい》　二月《がつ》、太政大臣《だいじょうだいじん》になる　五月《がつ》、太政大臣《だいじょうだいじん》を辞《や》める
- 一一六八年《ねん》　51歳《さい》　病気《びょうき》になり、出家《しゅっけ》する　嚴島神社《いつくしまじんじゃ》の再建《さいけん》や日宋貿易《にっそうぼうえき》の拡《かく》大《だい》につとめる
  - 高倉天皇《たかくらてんのう》が即位《そくい》する
- 一一七一年《ねん》　清盛《きよもり》の娘《むすめ》の徳子《とくこ》が高倉天《たかくらてん》皇《のう》と結婚《けっこん》する
- 一一七七年《ねん》　鹿ケ谷事件《ししがたにじけん》（平氏《へいし》を倒《たお》す陰《いん》謀《ぼう》）が起《お》こる
- 一一七八年《ねん》　安徳天皇《あんとくてんのう》が生《う》まれる
- 一一七九年《ねん》　62歳《さい》　後白河院《ごしらかわいん》を鳥羽《とば》の離宮《りきゅう》に閉《と》じこめる
  - 平重盛《たいらのしげもり》が亡《な》くなる
- 一一八〇年《ねん》　63歳《さい》　四月《がつ》、安徳天皇《あんとくてんのう》が即位《そくい》し、補佐役《ほさやく》になる　六月《がつ》、福原《ふくはら》に都《みやこ》を移《うつ》す　十月《がつ》、孫《まご》の維盛《これもり》が富士川《ふじかわ》の戦《たたか》いで敗《やぶ》れる　十一月《がつ》、京《きょう》に都《みやこ》をもどす
  - 以仁王《もちひとおう》、源頼政《みなもとのよりまさ》が敗死《はいし》する
  - 源頼朝《みなもとのよりとも》が伊豆《いず》で挙兵《きょへい》する
  - 木曽義仲《きそよしなか》が木曽《きそ》で挙兵《きょへい》する
  - 平重衡《たいらのしげひら》が興福寺《こうふくじ》や東大寺《とうだいじ》を焼《や》く
- 一一八一年《ねん》　64歳《さい》　亡《な》くなる
- 一一八三年《ねん》　義仲《よしなか》が平氏軍《へいしぐん》をやぶり、京《きょう》へ入《はい》る
  - 後白河院《ごしらかわいん》が頼朝《よりとも》の東国支《とうごくし》配《はい》を認《みと》める
- 一一八五年《ねん》　壇《だん》の浦《うら》の戦《たたか》いで平氏《へいし》が滅《ほろ》びる
- 一一八九年《ねん》　頼朝《よりとも》が奥州藤原氏《おうしゅうふじわらし》を滅《ほろ》ぼし、東北《とうほく》を平定《へいてい》する
- 一一九二年《ねん》　頼朝《よりとも》が征夷大将軍《せいいたいしょうぐん》となる

- 一二八一年　弘安の役が起こる
- 一二八三年《ねん》　1歳《さい》　このころ生《う》まれる
  - このころ『沙石集《しゃせきしゅう》』がつくられる
- 一三〇三年《ねん》　『新後撰和歌集《しんごせんわかしゅう》』がつくられる
- 一三一二年《ねん》　『玉葉和歌集《ぎょくようわかしゅう》』がつくられる
- 一三一三年《ねん》　31歳《さい》　このころ出家《しゅっけ》する
- 一三二〇年《ねん》　38歳《さい》　『続千載和歌集《しょくせんざいわかしゅう》』に歌《うた》が選《えら》ばれる
  - 『続千載和歌集《しょくせんざいわかしゅう》』がつくられる
- 一三二四年《ねん》　42歳《さい》　二条為世《にじょうためよ》に『古今和歌集《こきんわかしゅう》』を学《まな》ぶ
- 一三二六年《ねん》　44歳《さい》　『続後拾遺和歌集《しょくごしゅういわかしゅう》』に歌《うた》が選《えら》ばれる
  - 『続後拾遺和歌集《しょくごしゅういわかしゅう》』がつくられる
- 一三三一年《ねん》　49歳《さい》　このころ『徒然草《つれづれぐさ》』を書《か》く　▼21～39ページ
  - 元弘《げんこう》の乱《らん》が起《お》こる
- 一三三三年《ねん》　鎌倉幕府《かまくらばくふ》が滅《ほろ》びる
- 一三三四年《ねん》　後醍醐天皇《ごだいごてんのう》が建武《けんむ》の新政《しんせい》をはじめる
- 一三三六年《ねん》　足利尊氏《あしかがたかうじ》が室町幕府《むろまちばくふ》を開《ひら》く
  - 後醍醐天皇《ごだいごてんのう》が吉野《よしの》に南朝《なんちょう》を開《ひら》く
- 一三三八年《ねん》　足利尊氏《あしかがたかうじ》が征夷大将軍《せいいたいしょうぐん》になる
- 一三四九年《ねん》　67歳《さい》　『風雅和歌集《ふうがわかしゅう》』に歌《うた》が選《えら》ばれる
  - 『風雅和歌集《ふうがわかしゅう》』がつくられる
- 一三五七年《ねん》　75歳《さい》　このころ亡《な》くなる
- 一三五九年《ねん》　『新千載和歌集《しんせんざいわかしゅう》』がつくられる
- 一三六四年《ねん》　『新拾遺和歌集《しんしゅういわかしゅう》』がつくられる
- 一三八四年《ねん》　『新後拾遺和歌集《しんごしゅういわかしゅう》』がつくられる
- 一四三九年《ねん》　『新続古今和歌集《しんしょくこきんわかしゅう》』がつくられる
- 一四六七年《ねん》　応仁《おうにん》の乱《らん》が起《お》こる

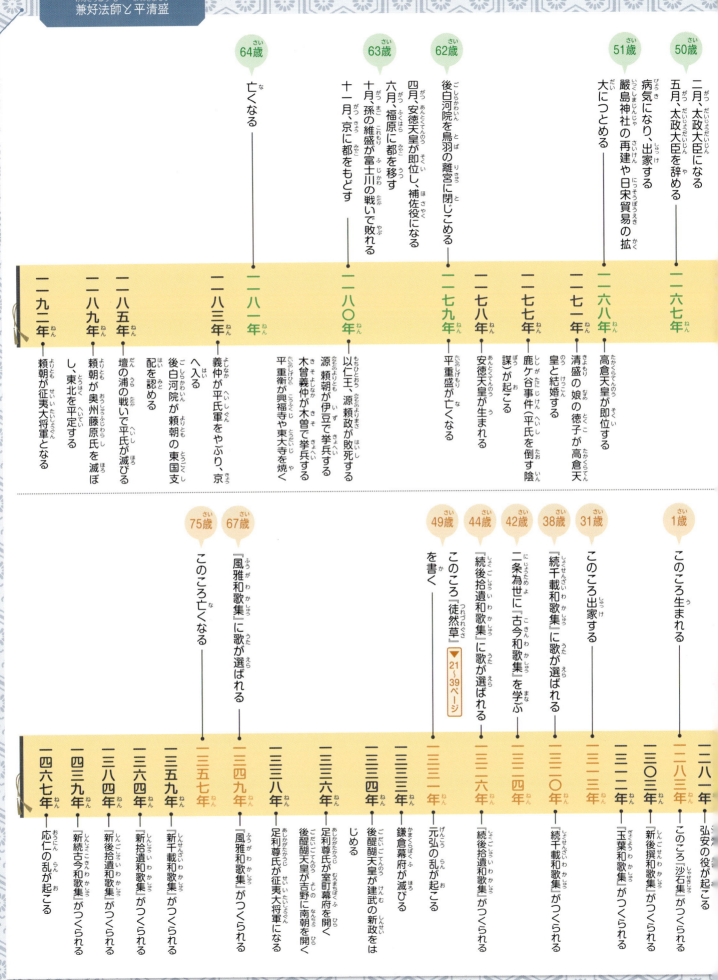

コラム 1

戦《いくさ》の天才《てんさい》！ 源義経《みなもとのよしつね》と義経《よしつね》の恋人《こいびと》の静御前《しずかごぜん》

源氏《げんじ》の将《しょう》として数々《かずかず》の合戦《かっせん》で活躍《かつやく》し、無敵《むてき》の強《つよ》さをほこった義経《よしつね》。しかし、その活躍《かつやく》とは裏《うら》はらに、兄《あに》の頼朝《よりとも》に命《いのち》をねらわれ、恋人《こいびと》の静御前《しずかごぜん》と離《はな》ればなれになるなど、悲《かな》しい運命《うんめい》をたどりました。

平氏《へいし》との戦《たたか》いは連戦連勝《れんせんれんしょう》でも悲劇《ひげき》の英雄《えいゆう》

源平合戦《げんぺいがっせん》では鮮《あざ》やかに騎馬《きば》をあやつり、敵《てき》に奇襲《きしゅう》をかけて討《う》ちやぶるなど、天才的《てんさいてき》な戦術《せんじゅつ》をみせた源義経《みなもとのよしつね》。彼《かれ》によって平氏《へいし》は滅亡《めつぼう》に追《お》いこまれた。兄《あに》の源頼朝《みなもとのよりとも》が征夷大将軍《せいいたいしょうぐん》になり、鎌倉幕府《かまくらばくふ》を開《ひら》くことができたのも、義経《よしつね》のはたらきが大《おお》きかったのだ。

ところが、頼朝《よりとも》に無断《むだん》で後白河院《ごしらかわいん》からごほうびの官位《かんい》を受《う》け取《と》ったことなどを理由《りゆう》に、頼朝《よりとも》の怒《いか》りをかってしまう。頼朝《よりとも》は義経《よしつね》が鎌倉《かまくら》にもどるのを禁《きん》じただけでなく、家臣《かしん》に「義経《よしつね》を殺《ころ》してしまえ」と命《めい》じる。

義経《よしつね》は逃《に》げまわった末《すえ》に、東北《とうほく》の藤原秀衡《ふじわらのひでひら》を頼《たよ》る。しかし、一一八七年《ねん》に秀衡《ひでひら》が亡《な》くなると、あとを継《つ》いだ藤原泰衡《ふじわらのやすひら》によって命《いのち》をねらわれることに。一一八九年《ねん》、泰衡《やすひら》の軍《ぐん》に囲《かこ》まれた義経《よしつね》は、三十一歳《さい》の若《わか》さで亡《な》くなった。

敵《てき》の前《まえ》で恋人《こいびと》を思《おも》い舞《ま》った静御前《しずかごぜん》

静御前《しずかごぜん》は、義経《よしつね》の恋人《こいびと》。京《きょう》でうたい舞《ま》うことを仕《し》事《ごと》とする白拍子《しらびょうし》だった。

頼朝《よりとも》との関係《かんけい》が悪化《あっか》した義経《よしつね》とともに京《きょう》から逃《に》げるが、追《お》っ手《て》が多《おお》く、吉野山《よしのやま》まで逃《に》げたところで、義経《よしつね》は静《しずか》を京《きょう》に帰《かえ》らせようとする。しかし、京《きょう》にむかう途中《とちゅう》、静《しずか》はとらえられ、鎌倉《かまくら》へ送《おく》られてしまう。

そして、敵《てき》の頼朝《よりとも》とその妻《つま》である政子《まさこ》の求《もと》めにより、鶴岡八幡宮《つるがおかはちまんぐう》で舞《ま》うことに。静《しずか》は、敵《てき》の前《まえ》にもかかわらず、堂々《どうどう》と義経《よしつね》を思《おも》う歌《うた》をうたい、舞《まい》をおどってみせたという。

徒《つれ》然《づれ》草《ぐさ》の世《せ》界《かい》へ

つれづれなるままに、日《ひ》ぐらし、硯《すずり》にむかひ《（い）》て、心《こころ》にうつりゆくよしなしごとを、そこはかとなく書《か》きつくれば、あやしう《（しゅう）》こそものぐるほ《（お）》しけれ。

（序段《じょだん》「つれづれなるままに」）

『徒然草《つれづれぐさ》』のはじまりの部分《ぶぶん》だよ。本《ほん》の最初《さいしょ》にある「はじめに」のようなものだね。日々《ひび》、見《み》かけることや感《かん》じたことを軽《かる》い気持《きも》ちで書《か》きはじめたんだ。

作品名：徒然草画帖　第一段　住吉具慶　所蔵先：東京国立博物館
Image: TNM Image Archives

『徒然草画帖《つれづれぐさがじょう》』には、兼好法師《けんこうほうし》がもの思《おも》いにふける様子《ようす》がえがかれている。

作品名：徒然草画帖　第七十四段　住吉具慶　所蔵先：東京国立博物館
Image: TNM Image Archives

大勢《おおぜい》の人々《ひとびと》が行《い》きかう、京《きょう》の街《まち》の様子《ようす》がえがかれている。

蟻《あり》の如《ごと》くに集《あつ》まりて、東西《とうざい》に急《いそ》ぎ、南北《なんぼく》に走《はし》る人《ひと》、高《たか》きあり、賤《いや》しきあり。老《お》いたるあり、若《わか》きあり。行《い》く所《ところ》あり、帰《かえ》る家《いえ》あり。夕《ゆう》に寝《い》ねて、朝《あさ》に起《お》く。いとなむ所何事《ところなにごと》ぞや。生《せい》を貪《むさぼ》り、利《り》を求《もと》めて、やむ時《とき》なし。

（第《だい》七十四段《だん》「蟻《あり》の如《ごと》くに集《あつ》まりて」）

金持《かねも》ちも、そうでない人《ひと》も、忙《いそが》しく働《はたら》いてお金《かね》や命《いのち》に執着《しゅうちゃく》している。いったい何《なん》のためなんだか。結局《けっきょく》、どんな人《ひと》もいつかは死《し》んでしまうのにね。

『徒然草《つれづれぐさ》』ってどんなお話《はなし》?

鎌倉時代《かまくらじだい》の終《お》わり(一三三一年《ねん》)ごろ、兼好法師《けんこうほうし》によって書《か》かれた随筆《ずいひつ》。兼好法師《けんこうほうし》が見《み》たり、聞《き》いたりしたおもしろいことや、兼《けん》好法師《こうほうし》の考《かんが》える美学《びがく》などが、思《おも》いつくままに書《か》かれています。

つれづれなるままに……どんなことを書《か》いたか？

『徒然草《つれづれぐさ》』は、序段《じょだん》と二四三の章段《しょうだん》からなる。おさめられているお話《はなし》のテーマは、人生《じんせい》や自然《しぜん》、生活《せいかつ》、恋愛《れんあい》、趣味《しゅみ》など幅広《はばひろ》い。どんなお話《はなし》があるのか見《み》てみよう。

なるほど～

社会《しゃかい》や人間《にんげん》の批評《ひひょう》などをテーマにしたお話《はなし》や、人生《じんせい》の教訓《きょうくん》になるお話《はなし》が散《ち》りばめられている。「人間《にんげん》とはどうあるべきか」「人生《じんせい》とは何《なに》か」などを考《かんが》えさせられる。

▼「仁和寺《にんなじ》にある法師《ほうし》」▼30ページ「高名《こうみょう》の木登《きのぼ》り」▼38ページなど

うそ!?本当《ほんとう》!?

伝説《でんせつ》やうわさなどをもとにした、不思議《ふしぎ》なお話《はなし》もある。うそか本当《ほんとう》かはわからない。兼好自身《けんこうじしん》、不思議《ふしぎ》なものが気《き》になっていたのかもしれない。

▼「筑紫《つくし》になにがしの押領使《おうりょうし》」など

ある大根好《だいこんず》きの男《おとこ》がピンチになったとき、どこからともなく大根《だいこん》の精《せい》があらわれて、男《おとこ》を助《たす》けてくれた。（第《だい》68段《だん》）

おもしろいなあ

人《ひと》の失敗談《しっぱいだん》やユニークなふるまいなど、思《おも》わず「クスッ」と笑《わら》ってしまうお話《はなし》も多《おお》い。人《ひと》の失敗《しっぱい》を遊《あそ》び心《ごころ》をもって生《い》き生《い》きと伝《つた》えているところに、兼好《けんこう》の人間愛《にんげんあい》が感《かん》じられる。

▼「これも仁和寺《にんなじ》の法師《ほうし》」▼32ページ「奥山《おくやま》に、猫《ねこ》またといふ(う)もの」▼36ページなど

『徒然草《つれづれぐさ》』に登場《とうじょう》！ゆかりの地《ち》

『徒然草《つれづれぐさ》』には日本各地《にほんかくち》の地名《ちめい》や名所《めいしょ》が出《で》てくる。京都《きょうと》とその周辺《しゅうへん》が多《おお》いが、当時《とうじ》の幕府《ばくふ》があった鎌倉《かまくら》や九州《きゅうしゅう》のお話《はなし》もある。各地《かくち》でおこなわれる風習《ふうしゅう》などを紹介《しょうかい》したり、そこでの人々《ひとびと》の様子《ようす》や起《お》こったできごとなどが書《か》れている。

鎌倉《かまくら》

兼好法師《けんこうほうし》は、幕府《ばくふ》のある鎌倉《かまくら》と、朝廷《ちょうてい》のある京《きょう》を行《い》き来《き》する生活《せいかつ》をしていた。『徒然草《つれづれぐさ》』には、鎌倉《かまくら》の海《うみ》でとれるかつおの話《はなし》が書《か》かれている。

farmer / PIXTA

仁和寺《にんなじ》

京都府京都市右京区《きょうとふきょうとしうきょうく》にある真言宗《しんごんしゅう》の総本山《そうほんざん》。仁和《にんな》4(888)年《ねん》に建立《こんりゅう》された。兼好法師《けんこうほうし》は、仁和寺《にんなじ》の近《ちか》くにあった双岡《ならびがおか》という場所《ばしょ》にある草庵《そうあん》でくらしていたといわれており、『徒然草《つれづれぐさ》』には仁和寺《にんなじ》の法師《ほうし》がしばしば登場《とうじょう》する。

所蔵先：石清水八幡宮

石清水八幡宮《いわしみずはちまんぐう》

京都府八幡市《きょうとふやわたし》にある神社《じんじゃ》。国家《こっか》の平安《へいあん》を願《ねが》って、貞観《じょうがん》2(860)年《ねん》に創建《そうけん》された。皇室《こうしつ》の守護神《しゅごしん》として、三重県《みえけん》の伊勢神宮《いせじんぐう》の次《つぎ》に位《くらい》の高《たか》い神社《じんじゃ》とされた。

徒然草《つれづれぐさ》

序段《じょだん》・第《だい》七《》段《だん》

ひまなので何《なに》か書《か》いてみようかな……つれづれなるままに

原文《げんぶん》を読《よ》んでみよう

序段《じょだん》

つれづれなるままに、日《ひ》ぐらし、硯《すずり》にむかひ《（い）》て、心《こころ》にうつりゆくよしなしごとを、そこはかとなく書《か》きつくれば、あやしう《（しゅう）》こそものぐるほ《（お）》しけれ。

第《だい》七段《だん》

あだし野《の》の露《つゆ》消《き》ゆる時《とき》なく、鳥部山《とりべやま》の煙《けぶり》立《た》ち去《さ》らでのみ住《す》み果《は》つる習《なら》ひ《（い）》ならば、いかにもののあは《（わ）》れもなからん。世《よ》は定《さだ》めなきこそいみじけれ。

命《いのち》あるものを見《み》るに、人《ひと》ばかり久《ひさ》しきはなし。かげろふ《（う）》の夕《ゆうべ》を待《ま》ち、夏《なつ》の蟬《せみ》の春秋《はるあき》を知《し》らぬもあるぞかし。つくづくと一年《ひととせ》を暮《くら》すほどだにも、こよなう《（のう）》のどけしや。飽《あ》かず惜《お》しと思《おも》は《（わ）》

この場面《ばめん》のお話《はなし》

序段《じょだん》「つれづれなるままに」

することもなく話《はな》し相手《あいて》もいないので、一日中《いちにちじゅう》、硯《すずり》と向《む》かいあって、心《こころ》に浮《う》かんでは消《き》えるあれやこれやを、紙《かみ》につらつらと書《か》いてみる。そんなことをしていると、なんだかおかしな気分《きぶん》になってくるなぁ。

第七段《だいだん》「あだし野《の》の露《つゆ》消《き》ゆる時《とき》なく」

はかなく消《き》えるはずの露《つゆ》や煙《けむり》が消《き》えずにとどまる世《よ》の中《なか》ならば、何《なん》のおもむきもなくなってしまう。この世《よ》は永遠《えいえん》でないからこそすばらしい。

命《いのち》あるもので、人間《にんげん》ほど長生《ながい》きのものはない。かげろうの虫《むし》のように朝生《あさう》まれて夕方《ゆうがた》に死《し》んだり、せみのように夏《なつ》だけの命《いのち》で春秋《しゅんじゅう》を知《し》らなかったりする生《い》き物《もの》もいる。それに比《くら》べれば、人間《にんげん》がぼんやりと一年《ねん》をすごすだけでも、このうえなくのどかな話《はなし》ではないか。それでもたりないという人《ひと》は、たとえ千年《せんねん》生《い》きても、たった一夜《ひとよ》の夢《ゆめ》のようにはかなく感《かん》じるにちがいない。永遠《えいえん》には住《す》めないこの世《よ》に、老《お》いぼれた姿《すがた》をさらして何《なに》になろうか。長生《ながい》きすると恥《はじ》をかくことも多《おお》くなる。

随筆《ずいひつ》

マンガで読《よ》む！

ば、千年《ちとせ》を過《すぐ》すとも、一夜《ひとよ》の夢《ゆめ》の心地《ここち》こそせめ。住《す》み果《は》てぬ世《よ》に、みにくき姿《すがた》を待《ま》ちえて、何《なに》かはせん。命長《いのちなが》ければ恥多《はじおお》し。長《なが》くとも四十《よそじ》に足《た》らぬほどにて死《し》なんこそめやすかるべけれ。

昔《むかし》の人《ひと》はひまだと書《か》きものをしたの？

何《なに》もすることがなくて退屈《たいくつ》なとき、昔《むかし》の人《ひと》も、私《わたし》たちと同《おな》じように、友《とも》だちとおしゃべりをしたり、ゲームなどで遊《あそ》んだりしてひまつぶしをするのがふつうだった。退屈《たいくつ》しのぎに書《か》きものをする兼好法師《けんこうほうし》は、かわり者《もの》だったのかもしれない。

平安時代《へいあんじだい》に清少納言《せいしょうなごん》が書《か》いた随筆《ずいひつ》『枕草子《まくらのそうし》』にも、退屈《たいくつ》な日《ひ》のすごし方《かた》を書《か》いた文章《ぶんしょう》がある（第《だい》百三十四段《だん》「つれづれなぐさむもの」）。そこでは、「碁《ご》やすごろくなどのゲームをしたり、おしゃべりをしたり、おやつを食《た》べたりなどしてすごす」と書《か》いてある。

つれづれなくさむもの 碁《ご》。双六《すごろく》。物語《ものがたり》。三《み》つ四《よ》つのちごの、物《もの》をかしう言《(しゅう)い(う)》ふ。また、いと小《ちい》さきちごの物語《ものがたり》し、たがへ《(え)》など言《い(う)》ふわざしたる。くだ物《もの》。男《おとこ》などのうちさるがひ《(い)》、物《もの》よく言《い(う)》ふが来《き》たるを、物忌《ものいみ》なれど、入《い》れつかし。

（『枕草子《まくらのそうし》』第《だい》134段《だん》）

長《なが》くとも四十歳《さい》くらいで死《し》ぬのが無難《ぶなん》だ。

四十歳《さい》くらいで死《し》ぬの!?

当時《とうじ》の年齢《ねんれい》を1.2～1.5倍《ばい》すると現代《げんだい》の年齢《ねんれい》の感覚《かんかく》に近《ちか》くなる。そのため、当時《とうじ》の四十歳《さい》は、今《いま》の五十～六十歳《さい》くらいのイメージ。兼好法師《けんこうほうし》はそのくらいで死《し》ぬのがちょうどいいと考《かんが》えていた。

「かげろふ《(う)》」って？

とんぼに似《に》た、かげろうという名前《なまえ》の虫《むし》のこと。飛《と》ぶ様子《ようす》が、陽炎《かげろう》のようにゆらゆらとひらめくところからよばれた。はかないもののたとえとしてよく使《つか》われている。

hide k/PIXTA

用語解説《ようごかいせつ》

＊つれづれなる……何《なに》もすることがなく、手《て》もちぶさたな状態《じょうたい》。 ＊ものぐるほし……気《き》がおかしくなる。 ＊めやすかる……見《み》た目《め》がちょうどよく、見苦《みぐる》しくない。

それ考《かんが》えたら
たとえ一年間《ねんかん》
ただボーっと
くらしていても
長《なが》くて平和《へいわ》な
一生《いっしょう》じゃない？
それでたりない
という人《ひと》は
きっと千年《せんねん》
生《い》きてもまだ
たりないとか
いいそう！
いやじゃー
もっと
生きるんじゃー
四十歳《さい》くらい
までに死《し》ぬのが
かっこいいと
思《おも》うんだ…
ヨボヨボに
なってもまだ
もっと生《い》きて
おしい人《ひと》を…
悲《かな》しいことね
あれもしたいこれもしたい
って欲《よく》ばりのつまらない
老人《ろうじん》になるのはいやだな
…って
そのときは、そう
思《おも》っていたんだ…
わりと長生《ながい》き
て〜

徒然草《つれづれぐさ》
第《だい》十一段《だん》

神無月《かんなづき》のころ

途中《とちゅう》まではよかったのになあ

随筆《ずいひつ》

原文《げんぶん》を読《よ》んでみよう

神無月《かんなづき》のころ、栗栖野《くるすの》といふ所《(う)ところ》を過《す》ぎて、ある山里《やまざと》にたづね《(ず)》入《い》ること侍《はべ》りしに、遙《はる》かなる苔《こけ》の細道《ほそみち》をふみ分《わ》けて、心《こころ》ぼそく住《す》みなしたる庵《いおり》あり。木《こ》の葉《は》に埋《うず》もるる懸樋《かけひ》のしづく《(ず)》ならでは、つゆおとなふ《(のう)》ものなし。閼伽棚《あかだな》に菊《きく》・紅葉《もみじ》など折《お》り散《ち》らしたる、さすがに住《す》む人《ひと》のあればなるべし。かくてもあられけるよとあはれ《(わ)》に見《み》るほどに、かなたの庭《にわ》に、大《おお》きなる柑子《こうじ》の木《き》の、枝《えだ》もたわわになりたるが、まは《(わ)》りをきびしく囲ひ《かこ(い)》たりしこそ、少《すこ》しことさめて、この木《き》なからましかばと覚《おぼ》えしか。

この場面《ばめん》のお話《はなし》

十月《がつ》ごろ、栗栖野《くるすの》という所《ところ》をすぎて、ある山里《やまざと》を訪《おとず》れた。長《なが》く続《つづ》く苔《こけ》の細道《ほそみち》を歩《ある》いて行《い》くと、ひっそりとした庵《いおり》があった。落《お》ち葉《ば》にうもれた樋《とい》からポタポタとしずくが垂《た》れる音《おと》だけが聞《き》こえる。閼伽棚《あかだな》に菊《きく》や紅葉《もみじ》などが置《お》いてあるのを見《み》ると、だれか住《す》んでいるのだろう。「こんなふうに生《い》きている人《ひと》もいるのだな」と感心《かんしん》していると、庭《にわ》にある大《おお》きなみかんの木《き》が枝《えだ》いっぱいに実《み》をつけているのが見《み》えた。その木《き》のまわりが柵《さく》で囲《かこ》ってあるのは、ちょっと残念《ざんねん》な気《き》がして、「この木《き》がなければなあ」と思《おも》ってしまった。

感心《かんしん》した分《ぶん》、よけいに残念《ざんねん》だよ。

マンガで読《よ》む！

十月《じゅうがつ》に栗栖野《くるすの》の先《さき》の山奥《やまおく》を訪《おとず》れることがありました
このへん↓
静《しず》かだな…
水《みず》のしたたる音《おと》しかしないし…
ピチョン
オヤ
菊《きく》や紅葉《もみじ》が飾《かざ》ってある…

「神無月《かんなづき》のころ」っていつごろ?

昔《むかし》の月《つき》のよび方《かた》で、旧暦《きゅうれき》の十月《がつ》のこと。神々《かみがみ》が十月《がつ》に出雲大社《いずもたいしゃ》に集《あつ》まり、諸国《しょこく》の神《かみ》がいなくなるので「神無月《かんなづき》」となったという説《せつ》がある。実《みの》りの秋《あき》が終《お》わって、厳《きび》しい冬《ふゆ》に向《む》かう季節《きせつ》なので、文学《ぶんがく》では「さびしい季節《きせつ》」のイメージでよく使《つか》われる。

月《つき》のよび方《かた》 今《いま》&昔《むかし》

今《いま》	昔《むかし》
一月《がつ》	睦《む》月《つき》
二月《がつ》	如《きさら》月《ぎ》
三月《がつ》	弥《や》生《よい》
四月《がつ》	卯《う》月《づき》
五月《がつ》	皐《さ》月《つき》
六月《がつ》	水《み》無《な》月《づき》
七月《がつ》	文《ふ》月《づき》
八月《がつ》	葉《は》月《づき》
九月《がつ》	長《なが》月《つき》
十月《がつ》	神《かん》無《な》月《づき》
十一月《がつ》	霜《しも》月《つき》
十二月《がつ》	師《し》走《わす》

「閼伽棚《あかだな》」ってどんなもの?

仏教《ぶっきょう》で、仏様《ほとけさま》にそなえる水《みず》のことを「閼伽《あか》」という。仏教誕生《ぶっきょうたんじょう》の地《ち》であるインドのサンスクリット語《ご》「argha《アルガ》」からきている。閼伽棚《あかだな》は、仏様《ほとけさま》にそなえるための花《はな》や水《みず》を置《お》く棚《たな》のこと。仏間《ぶつま》がある縁側《えんがわ》の軒先《のきさき》に置《お》かれる。

どうして「この木《き》なからましかば」と思《おも》ったの?

兼好法師《けんこうほうし》は、風情《ふぜい》あるくらしに感心《かんしん》していたのに、みかんの木《き》が柵《さく》で囲《かこ》われているのを見《み》て急《きゅう》に現実《げんじつ》にもどされてしまった。そのため、興《きょう》ざめてしまい、「この木《き》がなければなあ」と思《おも》った。

用語解説《ようごかいせつ》

＊懸樋《かけひ》……樋《とい》。▼43ページ

＊かくてもあられけるよ……こんなふうに生《い》きられるのだなあ。

徒然草《つれづれぐさ》

第五十二段《だいだん》

よく知《し》っている人《ひと》に聞《き》くことが大事《だいじ》だよ

仁和寺《にんなじ》にある法師《ほうし》

随筆《ずいひつ》

原文《げんぶん》を読《よ》んでみよう

仁和寺《にんなじ》にある法師《ほうし》、年寄《としよ》るまで石清水《いわしみず》を拝《おが》まざりければ、心憂《こころう》く覚《おぼ》えて、ある時《とき》思《おも》ひ《（い）》立《た》ちて、ただひとり、徒歩《かち》より詣《もう》でけり。極楽寺《ごくらくじ》・高良《こうら》などを拝《おが》みて、かばかりと心得《こころえ》て帰《かえ》りにけり。

さて、かたへ《（え）》の人《ひと》にあひ《（い）》て、「年《とし》ごろ思《おも》ひ《（い）》つること果《はた》し侍《はべ》りぬ。聞《き》きしにも過《す》ぎて尊《とうと》くこそおはし《（わ）》けれ。そも、参《まい》りたる人《ひと》ごとに山《やま》へ登《のぼ》りしは、何事《なにごと》かありけん、ゆかしかりしかど、神《かみ》へ参《まい》るこそ本意《ほい》なれと思《おも》ひ《（い）》て、山《やま》までは見《み》ず」とぞ言《い》ひ《（い）》ける。

少《すこ》しのことにも、先達《せんだち》はあらまほしきことなり。

この場面《ばめん》のお話《はなし》

仁和寺《にんなじ》にいたとある法師《ほうし》が、年《とし》をとるまで石清水八幡宮《いわしみずはちまんぐう》にお参《まい》りしたことがないのを残念《ざんねん》に思《おも》い、一人《ひとり》で歩《ある》いてお参《まい》りに出《で》かけた。極楽寺《ごくらくじ》や高良大明神《こうらだいみょうじん》などを拝《おが》んで、「これでよし」と帰《かえ》ってしまった。

後日《ごじつ》、法師《ほうし》は周囲《しゅうい》の人《ひと》に「前々《まえまえ》から思《おも》っていたことを、ついに実行《じっこう》しましたよ。石清水《いわしみず》八幡宮《はちまんぐう》は聞《き》いていたより立派《りっぱ》でした。それにしても、お参《まい》りにきた人《ひと》がみんな山《やま》のほうへ登《のぼ》っていくのは、何《なん》だったのでしょうね。気《き》にはなったものの、八幡様《はちまんさま》にお参《まい》りするのが目的《もくてき》だと思《おも》って、山《やま》へは行《い》きませんでした」と話《はな》したそうだ。

ちょっとしたことでも、案内役《あんないやく》はいてほしいものだ。

どうして石清水八幡宮《いわしみずはちまんぐう》を拝《おが》まないと残念《ざんねん》なのか？

当時《とうじ》は、石清水八幡宮《いわしみずはちまんぐう》への参拝《さんぱい》が人々《ひとびと》の間《あいだ》で流行《りゅうこう》していて、「一度《いちど》は行《い》ってみたい憧《あこが》れの地《ち》」だった。今《いま》でいうパワースポットのようなもの。その人気《にんき》ぶりから、八幡様《はちまんさま》に参詣《さんけい》するツアーが組《く》まれるほどだった。

どうして一人《ひとり》で歩《ある》いて行《い》ったのか？

仁和寺《にんなじ》の法師《ほうし》はうっかり者《もの》ではあるが、神仏《しんぶつ》への信仰心《しんこうしん》のあつい人《ひと》だったのでその信仰心《しんこうしん》から一人《ひとり》で歩《ある》いて行《い》くことにした。しかし、仁和寺《にんなじ》から石清水八幡宮《いわしみずはちまんぐう》までは約《やく》二十キロメートル離《はな》れていて、都《みやこ》から八幡宮《はちまんぐう》へ参詣《さんけい》するときは、みんなで舟《ふね》に乗《の》っていくことが多《おお》かった。

仁和寺《にんなじ》から
石清水八幡宮《いわしみずはちまんぐう》までは
約《やく》20km！
仁和寺《にんなじ》
京都《きょうと》
鴨川《かもがわ》
石清水八幡宮《いわしみずはちまんぐう》
極楽寺《ごくらくじ》
高良神社《こうらじんじゃ》

山《やま》の上《うえ》には念願《ねんがん》の
石清水八幡宮《いわしみずはちまんぐう》が
あるのに……
石清水八幡宮《いわしみずはちまんぐう》
高良神社《こうらじんじゃ》
極楽寺《ごくらくじ》

用語解説《ようごかいせつ》

＊かばかりと心得《こころえ》て……この程度《ていど》(これですべて見《み》た)と思《おも》いこんで。

＊ゆかしかりしかど……なんとなく気《き》になったけれども。

＊先達《せんだち》……先《さき》に立《た》って案内《あんない》する人《ひと》。

みんな山《やま》を登《のぼ》って行《い》くが……
ぞろぞろ
なんかおもしろいものが…？
いやいやこの旅《たび》はワシの長年《ながねん》の夢《ゆめ》だった石清水八幡宮《いわしみずはちまんぐう》へお参《まい》りするのが第一目的《だいいちもくてき》！
行ってみたいけど…ガマンじゃっ
エッヘン
よけいな観光《かんこう》はせずに帰《かえ》ってきたのじゃよ
っていってたらしいけど…
石清水八幡宮《いわしみずはちまんぐう》ってその山《やま》の上《うえ》にあったのよ……
これ
ちょっとしたことでも案内《あんない》があったほうがいいよね

徒然草《つれづれぐさ》
第五十三段《だいごじゅうさんだん》

おふざけもほどほどに…これも仁和寺《にんなじ》の法師《ほうし》

随筆《ずいひつ》

原文《げんぶん》を読《よ》んでみよう

これも仁和寺《にんなじ》の法師《ほうし》、童《わらわ》の法師《ほうし》にならんとする名残《なごり》とて、おのおのあそぶことありけるに、酔《え》ひ《(い)》て興《きょう》に入《い》るあまり、傍《かたわら》なる足鼎《あしがなえ》を取《と》りて、頭《かしら》にかづ《(ず)》きたれば、つまるやう《(よう)》にするを、鼻《はな》をおし平《ひら》めて顔《かお》をさし入《い》れて舞《ま》ひ《(い)》出《い》でたるに、満座興《まんざきょう》に入《い》ること限《かぎ》りなし。

しばしかなでて後《のち》、抜《ぬ》かんとするに、大方抜《おおかたぬ》かれず。酒宴《しゅえん》ことさめて、いかがは《(わ)》せんと惑《まど》ひ《(い)》けり。とかくすれば、頸《くび》のまは《(わ)》り欠《か》けて、血垂《ちた》り、ただ腫《は》れに腫《は》れみちて、息《いき》もつまりければ、打《う》ち割《わ》らんとすれど、たやすく割《わ》れず、響《ひび》きて堪《た》へ《(え)》がたかりければ、かなは《(わ)》で、すべきやう《(よう)》なくて、三足《みつあし》なる

この場面《ばめん》のお話《はなし》

これも仁和寺《にんなじ》の法師《ほうし》の話《はなし》。寺《てら》に仕《つか》える稚児《ちご》とよばれる子《こ》どもが大《おお》きくなり、法師《ほうし》になることになった。稚児《ちご》を送《おく》り出《だ》す会《かい》があり、みんなでわいわいやっていたところ、ある法《ほう》師《し》が酒《さけ》によって気分《きぶん》がよくなり、そばにあった鼎《かなえ》を頭《あたま》にかぶった。ちょっと窮屈《きゅうくつ》なのを、鼻《はな》を押《お》しつぶして顔《かお》をつっこみ、踊《おど》り出《だ》したので、みんなはやんやとはやしたてた。

しばらくして、頭《あたま》をぬこうとするがびくともしない。みんなも、どうしたものかとこまってしまった。無理《むり》にぬこうとすると、首《くび》が傷《きず》つき、血《ち》が出《で》て、はれあがって息《いき》がつまりそうになる。鼎《かなえ》を割《わ》ろうとしたが割《わ》れず、音《おと》ががんがん響《ひび》いておかしくなりそうだ。仕方《しかた》なく、鼎《かなえ》の上《うえ》から着物《きもの》をかぶせて隠《かく》し、仲間《なかま》が手《て》を引《ひ》いて杖《つえ》をつかせて医者《いしゃ》につれていった。その道中《どうちゅう》、人《ひと》があやしげに見《み》ることといったらなかった。

角《つの》の上《うえ》に帷子《かたびら》をうちかけて、手《て》をひき杖《つえ》をつかせて、京《きょう》なる医師《くすし》のがり率《い》て行《い》きける道《みち》すがら、人《ひと》の怪《あや》しみ見《み》ること限《かぎ》りなし。

このお話《はなし》の続《つづ》きは……

医者《いしゃ》にもさじを投《な》げられてしまった法《ほう》師《し》は、そのまま仁和寺《にんなじ》にもどってきた。「もうだめだ」と家族《かぞく》はなげき悲《かな》しむばかり。見《み》かねた者《もの》が「耳《みみ》や鼻《はな》が切《き》れるより命《いのち》が大事《だいじ》。強引《ごういん》にぬけ」といい、思《おも》いきり引《ひ》っぱった。すると、耳《みみ》と鼻《はな》がとれてけがはしたものの、鼎《かなえ》はとれた。命《いのち》びろいした法師《ほうし》だが、そのあと長《なが》く寝《ね》こんだそうだ。

お寺《てら》に子《こ》どもがいたの？

規模《きぼ》の大《おお》きな寺《てら》には「稚児《ちご》」とよばれる出家前《しゅっけまえ》の少年《しょうねん》がいた。稚児《ちご》は僧侶《そうりょ》の世話係《せわがかり》をしながら修行《しゅぎょう》をする者《もの》で、髪《かみ》はそっていない。年齢《ねんれい》は八歳《さい》から十五歳くらいまで。美少年《びしょうねん》の稚児《ちご》は、寺《てら》では僧侶《そうりょ》たちのアイドルのような存在《そんざい》だった。このお話《はなし》では、そのアイドルが寺《てら》を卒業《そつぎょう》してしまうため、みんなで送別会《そうべつかい》をしている。鼎《かなえ》をかぶった法師《ほうし》は、稚児《ちご》の気《き》をひこうとして、羽目《はめ》をはずしすぎてしまったのだ。

「足鼎《あしがなえ》」ってどんなもの？

なべ型《がた》の胴体《どうたい》に、三足《みつあし》がついた金属製《きんぞくせい》の器《うつわ》。なべの口《くち》の部分《ぶぶん》には、持《も》ち運《はこ》びするためのとってが二《ふた》つついている。大《おお》きさは、大小《だいしょう》さまざまなものがある。本来《ほんらい》は祭祀《さいし》の儀式《ぎしき》に使《つか》う道具《どうぐ》だが、ここでは室内用《しつないよう》の飾《かざ》りものとして置《お》かれていた。

用語解説《ようごかいせつ》

＊名残《なごり》……別《わか》れを惜《お》しむ。　＊満座興《まんざきょう》に入《い》る……その場《ば》にいる全員《ぜんいん》がおもしろがる。

＊帷子《かたびら》……裏地《うらじ》のない、うすい着物《きもの》。

徒然草《つれづれぐさ》
第《だい》五十五段《だん》

家《いえ》をつくるときの注意点《ちゅういてん》を教《おし》えよう

家《いえ》の作《つく》りやう《（よう）》は

原文《げんぶん》を読《よ》んでみよう

家《いえ》の作《つく》りやう《（よう）》は夏《なつ》をむねとすべし。冬《ふゆ》はいかなる所《ところ》にも住《す》まる。暑《あつ》きころわろき住居《すまい》は堪《た》へ《（え）》がたきことなり。深《ふか》き水《みず》は涼《すず》しげなし。浅《あさ》くて流《なが》れたる、遥《はる》かに涼《すず》し。こまかなる物《もの》を見《み》るに、遣戸《やりど》は蔀《しとみ》の間《ま》よりも明《あか》し。天井《てんじょう》の高《たか》きは、冬寒《ふゆさむ》く燈暗《ともしびくら》し。造作《ぞうさく》は用《よう》なき所《ところ》を作《つく》りたる、見《み》るも面白《おもしろ》く、よろづ《（ず）》の用《よう》にも立《た》ちてよしとぞ、人《ひと》の定《さだ》めあひ《（い）》侍《はべ》りし。

この場面《ばめん》のお話《はなし》

家《いえ》を建《た》てるときは、夏《なつ》のくらしやすさを第《だい》一《いち》に考《かんが》えるべきだ。冬《ふゆ》はどんなところでも住《す》めるが、暑《あつ》い時期《じき》に住《す》みづらい家《いえ》はがまんができない。

庭《にわ》の川《かわ》が深《ふか》いのは涼《すず》しい気《き》がしない。浅《あさ》く流《なが》れているほうが、ずっと涼《すず》しい。細《こま》かい文字《もじ》を読《よ》むのに、引《ひ》き戸《ど》のある部屋《へや》は蔀《しとみ》の部屋《へや》より明《あか》るい。天井《てんじょう》が高《たか》いのは、冬寒《ふゆさむ》くて照明《しょうめい》も暗《くら》くなる。あえて必要《ひつよう》のない部屋《へや》をつくるようにすると、見《み》た目《め》がよく、さまざまなことに使《つか》えるので便利《べんり》だ。こんなふうな話《はなし》をみんなで、あれこれいいあっていたんだ。

随筆《ずいひつ》

そんなに夏《なつ》は暑《あつ》かったの？

昔《むかし》から日本《にほん》の夏《なつ》は高温多湿《こうおんたしつ》。今《いま》のように電気《でんき》がないので、エアコンや扇風機《せんぷうき》で涼《すず》むことはできない。冷蔵庫《れいぞうこ》や冷凍庫《れいとうこ》もないので、冷《つめ》たい食《た》べ物《もの》やかき氷《ごおり》なども手《て》に入《はい》らなかった。そのため、家《いえ》のつくりを工夫《くふう》して風通《かぜとお》しをよくしたり、庭《にわ》を流《なが》れる水《みず》で涼《すず》しさを感《かん》じたりしていた。

照明《しょうめい》も同《おな》じ。蛍光灯《けいこうとう》も懐中電灯《かいちゅうでんとう》もない時代《じだい》で、冬場《ふゆば》は昼間《ひるま》でも屋内《おくない》はうす暗《ぐら》かった。窓《まど》から明《あ》かりが入《はい》るようにするなど、昔《むかし》の人《ひと》はくらしに知恵《ちえ》をしぼった。

庭《にわ》に川《かわ》があったの？

庭《にわ》に水《みず》を引《ひ》いて流《なが》れるようにしたものを「遣水《やりみず》」という。遣水《やりみず》は、水《みず》の流《なが》れ方《かた》や石《いし》の配置《はいち》などを工夫《くふう》して、その流《なが》れや景色《けしき》を楽《たの》しむもの。遣水《やりみず》の水深《すいしん》が深《ふか》いと、水《みず》がさらさらと流《なが》れないので、あまり涼《すず》しく感《かん》じない。だから、「浅《あさ》くしたほうがよい」と兼《けん》好法師《こうほうし》はいっている。

「遣戸《やりど》」と「蔀《しとみ》」のちがいは？

遣戸《やりど》は、引《ひ》きちがいの戸《と》のこと。建物《たてもの》の外側《そとがわ》に取《と》りつけたり、屋内《おくない》で部屋《へや》を仕切《しき》るふすまとしても用《もち》いられたりする。蔀《しとみ》は、格《こう》子《し》の裏《うら》に板《いた》を張《は》った戸《と》のこと。上下二枚《じょうげにまい》に分《わ》かれていて、戸《と》を開《あ》けたいときは上部《じょうぶ》をつり上《あ》げる。

遣戸《やりど》は、戸《と》を全部《ぜんぶ》開《あ》けはなつことができるので室内《しつない》が明《あか》るくなるが、蔀《しとみ》は上半分《うえはんぶん》からしか明《あ》かりが入《はい》ってこないので、うす暗《ぐら》い。

遣戸《やりど》

左右《さゆう》に開《ひら》く。引《ひ》き戸《ど》ともいわれる。

蔀《しとみ》

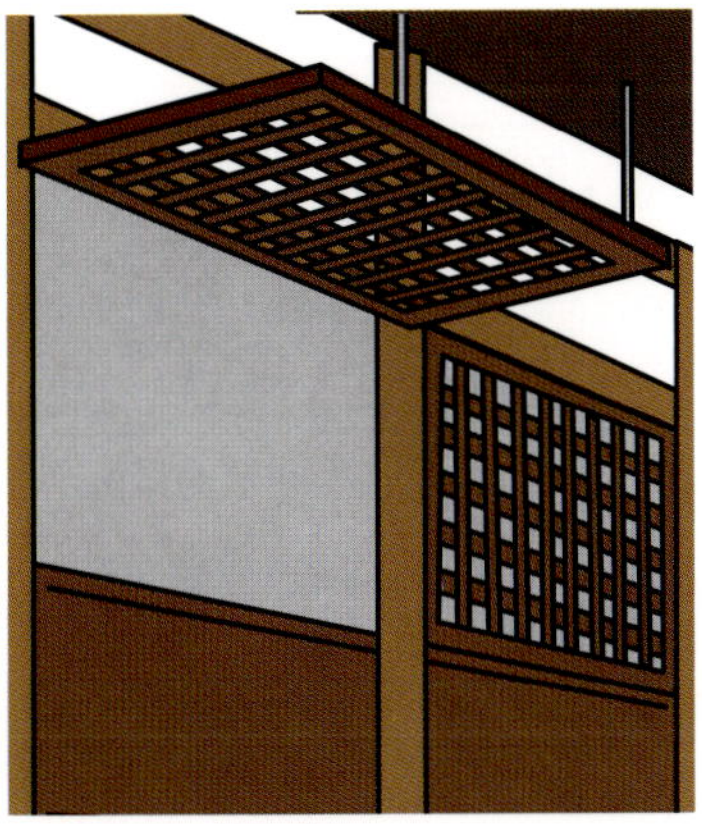

水平《すいへい》につり上《あ》げて開《ひら》く。

用語解説《ようごかいせつ》

＊夏《なつ》をむね……夏《なつ》のすごしやすさを第一《だいいち》に考《かんが》えること。

＊人《ひと》の定《さだ》めあひ……人々《ひとびと》が議論《ぎろん》しあう。

＊造作《ぞうさく》……家《いえ》（部屋《へや》）のつくり。

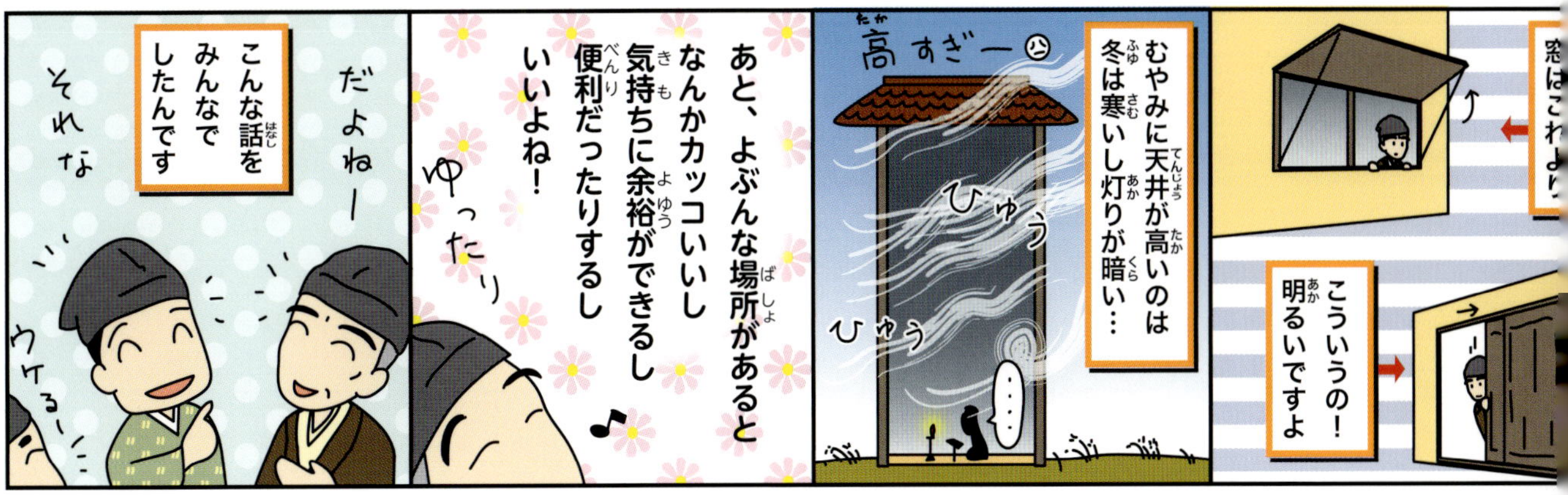

徒然草《つれづれぐさ》

第《だい》八十九段《だん》

こわいと思《おも》ったら何《なん》でも化《ば》け物《もの》に見《み》える

奥山《おくやま》に、猫《ねこ》またといふ《(う)》もの

随筆《ずいひつ》

原文《げんぶん》を読《よ》んでみよう

「奥山《おくやま》に、猫《ねこ》またといふ《(う)》ものありて、人《ひと》を食《くら》ふ《(う)》なる」と人《ひと》の言《い》ひ《(い)》けるに、「山《やま》ならねども、これらにも、猫《ねこ》の経《へ》あがりて、猫《ねこ》またになりて、人《ひと》とることはあなるものを」と言《い》ふ《(う)》者《もの》ありけるを、何阿弥陀仏《なにあみだぶつ》とかや、連歌《れんが》しける法《ほう》師《し》の、行願寺《ぎょうがんじ》の辺《へん》にありけるが聞《き》きて、ひとり歩《あり》かん身《み》は心《こころ》すべきことにこそと思《おも》ひ《(い)》けるころ、下《しも》なる所《ところ》にて夜《よ》更《ふ》くるまで連歌《れんが》して、ただひとり帰《かえ》りけるに、小川《こがわ》の端《はた》にて、音《おと》に聞《き》きし猫《ねこ》また、あやまたず、足《あし》もとへふと寄《よ》り来《き》て、やがてかきつくままに、頸《くび》のほどを食《くら》は《(わ)》んとす。肝心《きもこころ》も失《う》せて、防《ふせ》がんとするに力《ちから》もなく足《あし》も立《た》たず、小川《こがわ》

この場面《ばめん》のお話《はなし》

「山《やま》の奥《おく》に猫《ねこ》またという妖怪《ようかい》がいて、人《ひと》を食《た》べるらしい」とある人《ひと》がいうと、別《べつ》の人《ひと》が「山《やま》でなくても、ここらへんにも猫《ねこ》が年《とし》を取《と》って猫《ねこ》またになったのがいて、人《ひと》をおそうと聞《き》いたよ」といった。連歌《れんが》が得意《とくい》な法師《ほうし》がそれを聞《き》いて、一人《ひとり》で歩《ある》くときは用心《ようじん》しようと思《おも》っていたところ、ある日《ひ》、夜《よる》まで連歌《れんが》をしていて帰《かえ》りが遅《おそ》くなってしまった。暗《くら》い夜道《よみち》を一人《ひとり》で歩《ある》いていると、小川《こがわ》という川《かわ》のところでうわさに聞《き》いた猫《ねこ》またが足元《あしもと》まで来《き》て、いきなり飛《と》びかかって首《くび》をかもうとした。びっくりした法師《ほうし》は腰《こし》がぬけて、小川《こがわ》に転《ころ》げ落《お》ちてしまった。「助《たす》けて〜！猫《ねこ》またが出《で》た！」というさけび声《ごえ》を聞《き》いて、近所《きんじょ》の人々《ひとびと》が灯《あか》りを持《も》ってかけよると、よく見《み》かける法師《ほうし》だ。「どうしたんですか⁉」と川《かわ》から抱《だ》き起《お》こすと、法師《ほうし》も連歌《れんが》の賞品《しょうひん》もずぶ濡《ぬ》れだ。法師《ほうし》は、命《いのち》からがら助《たす》かったと、家《いえ》まではって帰《かえ》っていった。

よく見《み》れば、法師《ほうし》の飼《か》い犬《いぬ》が、暗闇《くらやみ》の中《なか》で主人《しゅじん》を見《み》つけて、飛《と》びついただけだったそうだ。

マンガで読《よ》む！

へ転《ころ》び入《い》りて、「助《たす》けよや、猫《ねこ》またよや、猫《ねこ》またよや」と叫《さけ》べば、家々《いえいえ》より松《まつ》どもともして走《はし》り寄《よ》りて見《み》れば、このわたりに見知《みし》れる僧《そう》なり。「こは如何《いか》に」とて、川《かわ》の中《なか》より抱《いだ》き起《おこ》したれば、連歌《れんが》の賭物《かけもの》取《と》りて、扇《おうぎ》・小箱《こばこ》など懐《ふところ》に持《も》ちたりけるも、水《みず》に入《い》りぬ。希有《けう》にして助《たす》かりたるさまにて、はふ《（う）》はふ《（う）》家《いえ》に入《い》りにけり。

飼《か》ひ《（い）》ける犬《いぬ》の、暗《くら》けれど主《ぬし》を知《し》りて、飛《と》び付《つ》きたりけるとぞ。

連歌《れんが》ってどんなもの？

和歌《わか》の形式《けいしき》の一《ひと》つ。二人《ふたり》以上《いじょう》の人《ひと》が、和歌《わか》の上《かみ》の句《く》（五《ご》・七《しち》・五《ご》）と下《しも》の句《く》（七《しち》・七《しち》）を詠《よ》みあい、続《つづ》けていく。当時《とうじ》、連歌《れんが》は娯楽《ごらく》の一《ひと》つで、みんなで集《あつ》まって連歌会《れんがかい》を開《ひら》くことがよくあった。じょうずに句《く》が詠《よ》めた人《ひと》には、賞品《しょうひん》が贈《おく》られることもあった。兼好法師《けんこうほうし》は、賞品《しょうひん》を目当《めあ》てとする連歌《れんが》は好《この》ましく思《おも》っておらず、それをする人《ひと》たちを冷《ひ》ややかな目《め》で見《み》ていた。

用語解説《ようごかいせつ》

＊あなるもの……（人《ひと》をおそうことが）あると聞《き》いているのだがなあ。

＊あやまたず……「過《あやま》たず」。ねらいをはずさず、まちがいなく、思《おも》ったとおり。

＊はふはふ……はうようにして、やっとのことで。

「猫《ねこ》また」ってどんな妖怪《ようかい》？

猫《ねこ》に似《に》た化《ば》け物《もの》で、人《ひと》をおそって食《た》べるといわれていた。当時《とうじ》、猫《ねこ》はおもに上流階級《じょうりゅうかいきゅう》のペットだった。一般《いっぱん》の人《ひと》は、今《いま》ほどなじみがなかったので、さまざまなうわさがふくらんでいったのだろう。

また、猫《ねこ》は、人前《ひとまえ》で死《し》ぬことがほとんどなく、死《し》ぬときに姿《すがた》を消《け》す習性《しゅうせい》がある。そのことから、年老《としお》いて姿《すがた》を消《け》した猫《ねこ》が化《ば》け物《もの》になっていると、人々《ひとびと》は想像《そうぞう》した。

藤原定家《ふじわらのさだいえ》です。鎌倉時代《かまくらじだい》に書《か》いた私《わたし》の日記《にっき》『明月記《めいげつき》』にも猫《ねこ》またの話《はなし》が出《で》てきますよ。

藤原定家《ふじわらのさだいえ》

あぁ…
ガバッ
ドボン
猫《ねこ》またにやられた～
え～
ヤバイ
実《じつ》はこれ猫《ねこ》またじゃなくてペットの犬《いぬ》が迎《むか》えに来《き》ただけでした～
お帰《かえ》りなさいのあいさつだワン

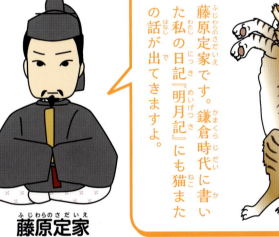

徒然草《つれづれぐさ》
第《だい》百九段《だん》

高名《こうみょう》の木登《きのぼ》り

いいこというなあ

原文《げんぶん》を読《よ》んでみよう

高名《こうみょう》の木登《きのぼ》りといひ《(い)》しをの《(お)》こ、人《ひと》を掟《おき》てて、高《たか》き木《き》に登《のぼ》せて梢《こずえ》を切《き》らせしに、いと危《あやう》く見《み》えしほどは言《い》ふ《(う)》こともなくて、降《お》るるときに、軒長《のきたけ》ばかりになりて、「誤《あやま》ちすな。心《こころ》して降《お》りよ」と言葉《ことば》を懸《か》け侍《はべ》りしを、「かばかりになりては、飛《と》び降《お》るるとも降《お》りなん。いかにかく言《い》ふ《(う)》ぞ」と申《もう》し侍《はべ》りしかば、「そのことに候《そうろう》。目《め》くるめき、枝《えだ》危《あやう》きほどは、おのれがおそれ侍《はべ》れば申《もう》さず。誤《あやま》ちはやすき所《ところ》になりて、必《かなら》ず仕《つかまつ》ることに候《そうろう》」と言《い》ふ《(う)》。

あやしき下臈《げろう》なれども、聖人《せいじん》の戒《いまし》めにかなへ《(え)》り。鞠《まり》もかたき所《ところ》を蹴出《けい》だしてのち、やすく思《おも》へ《(え)》ば、必《かなら》ず落《お》つと

この場面《ばめん》のお話《はなし》

木登《きのぼ》り名人《めいじん》として有名《ゆうめい》な男《おとこ》が、弟子《でし》を高《たか》い木《き》に登《のぼ》らせて、てっぺんの枝《えだ》を切《き》らせていた。高《たか》くて危険《きけん》な場所《ばしょ》にいるときは何《なに》もいわなかったのに、家《いえ》の軒先《のきさき》ほどの高《たか》さまでおりてきたとき、「気《き》をつけろ」と声《こえ》をかけた。「このくらいの高《たか》さなら、飛《と》びおりたって平気《へいき》だ。どうして今《いま》になっていうのか」と聞《き》くと、男《おとこ》は「目《め》がくらみ、折《お》れそうな枝《えだ》のところでは、自分《じぶん》で気《き》をつけるだろう。失敗《しっぱい》は、もう安心《あんしん》だと思《おも》ったときに必《かなら》ず起《お》きるものだ」と答《こた》えた。

身分《みぶん》の低《ひく》い男《おとこ》だが、いうことは聖人《せいじん》の教訓《きょうくん》のようだ。蹴鞠《けまり》も難《むずか》しい局面《きょくめん》では蹴《け》り返《かえ》せるのに、かんたんだと思《おも》ったとたん、落《お》としてしまうものなあ。

随筆《ずいひつ》

マンガで読《よ》む！

侍《はべ》るやらん。

「軒長《のきたけ》」ってどのくらいの高《たか》さ?

家《いえ》の軒《のき》の高《たか》さのこと。大人《おとな》の男性《だんせい》の身長《しんちょう》より少《すこ》し高《たか》いくらい。それほど高《たか》くないので、飛《と》びおりようと思《おも》えば、飛《と》びおりることもできる。弟子《でし》が登《のぼ》っていた木《き》の高《たか》い位置《いち》に比《くら》べると、地上《ちじょう》に近《ちか》い低《ひく》い位置《いち》。そんな低《ひく》い位置《いち》にきて、木登《きのぼ》り名人《めいじん》が弟子《でし》に声《こえ》をかけたので、兼好法師《けんこうほうし》は「どうしてなんだろう」と気《き》になった。

軒《のき》➡
ずずず
気《き》をつけておりろよ

蹴鞠《けまり》ってどんな遊《あそ》び?

鞠《まり》を蹴《け》る遊《あそ》び。平安時代《へいあんじだい》に貴族《きぞく》の間《あいだ》で流行《りゅうこう》し、競技《きょうぎ》としても親《した》しまれた。複数人《ふくすうにん》で革製《かわせい》の鞠《まり》を蹴《け》ってパスしていき、落《お》とさずに何回続《なんかいつづ》けられるかを競《きそ》う。鎌倉時代《かまくらじだい》にも蹴鞠《けまり》は人気《にんき》で、この時代《じだい》に、ルールや制度《せいど》が完成《かんせい》した。現在《げんざい》でも、京都《きょうと》の下鴨神社《しもがもじんじゃ》で、毎年《まいとし》「蹴鞠《けまり》はじめ」という行事《ぎょうじ》がおこなわれている。

「あやしき下臈《げろう》」ってどんな人《ひと》?

貴族《きぞく》や武士《ぶし》など、身分《みぶん》のはっきりした職業《しょくぎょう》の人《ひと》ではなく、身分《みぶん》の低《ひく》い男《おとこ》のこと。昔《むかし》は、文章《ぶんしょう》は貴族《きぞく》だけが書《か》くもので、紙《かみ》も貴重《きちょう》だったので、基本的《きほんてき》に身分《みぶん》の高《たか》い人《ひと》のことを書《か》くのがあたり前《まえ》だった。しかし、ここでは庶民《しょみん》の木登《きのぼ》り名人《めいじん》のことが書《か》かれている。身分《みぶん》が高《たか》い人《ひと》の言葉《ことば》でなくても、教訓《きょうくん》になることはあると気《き》づいた兼好法師《けんこうほうし》の着眼点《ちゃくがんてん》がおもしろい。

用語解説《ようごかいせつ》

*人《ひと》を掟《おき》て……人《ひと》(弟子《でし》)に指図《さしず》して。

*目《め》くるめき……目《め》がくるくるまわる。

注意《ちゅうい》するのかね? もう飛《と》びおりられるくらい低《ひく》いのに…
そこがポイントです
高《たか》くて危《あぶ》ないときには何《なに》もいわなくても自分《じぶん》で気《き》をつけますが
もう危険《きけん》はないと気《き》がゆるんだときにやらかすんですよ
わぁっ
もうだいじょうぶ…
ツルッ
ただのオヤジと思《おも》っていたら真理《しんり》をつくね… そういや蹴鞠《けまり》もかんたんなものほど失敗《しっぱい》するもんな
うーむ 確《たし》かにそうだ

これも読《よ》んでおきたい！

鎌倉時代《かまくらじだい》の随筆《ずいひつ》

『方丈記《ほうじょうき》』

鴨長明《かものちょうめい》（1155？〜1216年《ねん》）によって書《か》かれた随筆《ずいひつ》。前半《ぜんはん》は作者《さくしゃ》が体験《たいけん》した、火事《かじ》や地震《じしん》などの災厄《さいやく》について書《か》かれています。後半《こうはん》は、作者《さくしゃ》がくらした「方丈《ほうじょう》の庵《いおり》」▶43ページでの生活《せいかつ》についてのお話《はなし》です。

一二一二年《ねん》ごろ、鴨長明《かものちょうめい》によって書《か》かれた随筆《ずいひつ》。全《ぜん》一巻《かん》。この世《よ》の無常《むじょう》、人《ひと》の命《いのち》のはかなさが書《か》かれている。

鴨長明《かものちょうめい》は、平安時代《へいあんじだい》の終《お》わりから鎌倉時代《かまくらじだい》にかけて活躍《かつやく》した歌人《かじん》であり、随筆家《ずいひつか》。

長明《ちょうめい》はもともと京都《きょうと》の下鴨神社《しもがもじんじゃ》の禰宜《ねぎ》（神官《しんかん》）の家《いえ》に生《う》まれたが、長明《ちょうめい》が十八歳《さい》のときに父《ちち》が亡《な》くなり、禰宜《ねぎ》になる道《みち》はあきらめるしかなくなった。以後《いご》、長明《ちょうめい》は和《わ》歌《か》と琵琶《びわ》にはげむようになる。やがて、後《ご》鳥羽院《とばいん》に和歌《わか》の才能《さいのう》を認《みと》められた長明《ちょうめい》は、和歌所《わかどころ》（朝廷内《ちょうていない》の和歌《わか》をつくるための部署《ぶしょ》）の寄人《よりうど》（職員《しょくいん》）となった。五十歳《さい》ごろ、禰宜《ねぎ》になるチャンスが再《ふたた》びめぐってきたが、親《しん》族《ぞく》の反対《はんたい》で実現《じつげん》しなかった。失望《しつぼう》した長明《ちょうめい》は、出家《しゅっけ》をして僧《そう》となり、京都《きょうと》の大原《おおはら》に移《うつ》り住《す》み、小《ち》さな家《いえ》（方丈《ほうじょう》の庵《いおり》）を建《た》てて、ひっそりくらした。そのころから『方丈記《ほうじょうき》』を書《か》きはじめた。

『方丈記《ほうじょうき》』には名文《めいぶん》が多《おお》い。特《とく》に書《か》き出《だ》しの文《ぶん》「ゆく川《かわ》の流《なが》れは絶《た》えずして」は有名《ゆうめい》。声《こえ》に出《だ》して読《よ》むと、言葉《ことば》のリズムがよく、対句《ついく》や比喩《ひゆ》を効果的《こうかてき》に用《もち》いて印象深《いんしょうぶか》い文《ぶん》章《しょう》を書《か》きあげていることがわかる。また、無常観《むじょうかん》（この世《よ》ははかない、という思《おも》い）をもって書《か》かれる世《よ》の中《なか》のできごとや、それに対《たい》する長明《ちょうめい》の思《おも》いが読《よ》みどころ。

所蔵先：下鴨神社

京都府《きょうとふ》京都市《きょうとし》にある神社《じんじゃ》。正式名称《せいしきめいしょう》は賀茂御祖神社《かもみおやじんじゃ》。下鴨神社《しもがもじんじゃ》とよばれ親《した》しまれている。

『方丈記《ほうじょうき》』に書《か》かれた五つのわざわい

1 安元《あんげん》の大火《たいか》

京《きょう》の町《まち》の東南《とうなん》にある樋口富《ひぐちとみ》の小《こう》路《じ》あたりから起《お》きた火事《かじ》。当時《とうじ》は木造《もくぞう》の家《いえ》なので、火《ひ》はあっという間《ま》に燃《も》え広《ひろ》がり、都《みやこ》の三分《ぶん》の一を焼《や》いた。

2 治承《じしょう》の辻風《つじかぜ》

大《おお》きな竜巻《たつまき》が起《お》きて、多《おお》くの家《いえ》が倒壊《とうかい》し、けが人《にん》も多数出《たすうで》た。長明《ちょうめい》もこわい思《おも》いをしたようで、「これはただごとではない」と書《か》き残《のこ》している。

3 福原《ふくはら》への遷都《せんと》

400年続《ねんつづ》いた平安京《へいあんきょう》が福原《ふくはら》（今《いま》の兵庫県神戸市《ひょうごけんこうべし》）に移転《いてん》になった。突然《とつぜん》の都《みやこ》の引《ひ》っ越《こ》しで、人々《ひとびと》はとても困惑《こんわく》し、京《きょう》は荒《あ》れていった。

4 養和《ようわ》の大飢饉《だいききん》

日照《ひで》り、台風《たいふう》、洪水《こうずい》、伝染病《でんせんびょう》が立《た》て続《つづ》けに起《お》こり、穀物《こくもつ》が実《みの》らず多《おお》くの人《ひと》が命《いのち》を落《お》とした。人々《ひとびと》はなげき悲《かな》しみ、とほうにくれるばかりだった。

5 元暦《げんりゃく》の大地震《おおじしん》

大地震《おおじしん》が発生《はっせい》して津波《つなみ》も起《お》こり、大《おお》きな被害《ひがい》をもたらした。この大《おお》地震《じしん》について、長明《ちょうめい》は「これまでのわざわいの中《なか》でも最悪《さいあく》」と述《の》べている。

方丈記《ほうじょうき》の内容《ないよう》は暗《くら》い？

長明《ちょうめい》が生《い》きた時代《じだい》は、貴族《きぞく》にかわって武士《ぶし》が力《ちから》をつけはじめ、政治《せいじ》の中心《ちゅうしん》に立《た》つようになった。そのため、貴族《きぞく》と武士《ぶし》、武士《ぶし》と武士《ぶし》との間《あいだ》で主導権《しゅどうけん》をめぐる戦乱《せんらん》が続《つづ》いた。

また、平安時代《へいあんじだい》の終《お》わりには、大《おお》きな災害《さいがい》も次々《つぎつぎ》に起《お》こった。『方丈記《ほうじょうき》』には、その混乱《こんらん》の様子《ようす》や人々《ひとびと》の不安《ふあん》が生々《なまなま》しくえがかれている。そのため、全体《ぜんたい》として暗《くら》くて重《おも》い雰囲気《ふんいき》がする。

日本三大随筆《にほんさんだいずいひつ》

随筆《ずいひつ》とは、心《こころ》に浮《う》かんだことや見聞《みき》きしたこと、そのときどきのできごとや思《おも》いなどを、自由《じゆう》な形式《けいしき》で書《か》いた文章《ぶんしょう》のこと。エッセイともいう。

日本《にほん》の古典文学《こてんぶんがく》では、『枕草子《まくらのそうし》』『方丈記《ほうじょうき》』『徒然草《つれづれぐさ》』の三つを日本三大随筆《にほんさんだいずいひつ》とよぶ。

	作者《さくしゃ》	書《か》かれた時代《じだい》	書《か》き出《だ》し	特徴《とくちょう》
枕草子《まくらのそうし》	清少納言《せいしょうなごん》 	平安時代《へいあんじだい》中期《ちゅうき》	春《はる》はあけぼの。やうやう白《しろ》くなりゆく……	貴族社会《きぞくしゃかい》のくらしや自然美《しぜんび》がテーマ。「をかし（興味《きょうみ》深《ぶか》い）」の文学《ぶんがく》とよばれる。
方丈記《ほうじょうき》	鴨長明《かものちょうめい》 	鎌倉時代《かまくらじだい》前期《ぜんき》	ゆく川《かわ》の流《なが》れは絶《た》えずして……	自然災害《しぜんさいがい》や人《じん》災《さい》を記録《きろく》。流《なが》れるようなリズムのよい名文《めいぶん》で無常観《むじょうかん》をつづる。
徒然草《つれづれぐさ》	兼好法師《けんこうほうし》 	鎌倉時代《かまくらじだい》後期《こうき》	つれづれなるままに、日《ひ》ぐらし……	見聞《けんぶん》や感想《かんそう》、意《い》見《けん》など、テーマが幅広《はばひろ》い。内容《ないよう》におうじて文体《ぶんたい》をかえている。

方丈記《ほうじょうき》
序文《じょぶん》

この世《よ》はなんてはかないんだ ゆく川《かわ》の流《なが》れは絶《た》えずして

随筆《ずいひつ》

原文《げんぶん》を読《よ》んでみよう

ゆく川《かわ》の流《なが》れは絶《た》えずして、しかももとの水《みず》にあらず。よどみに浮《うか》ぶうたかたは、かつ消《き》え、かつ結《むす》びて、久《ひさ》しくとどまりたるためしなし。世《よ》の中《なか》にある人《ひと》と栖《すみか》と、またかくのごとし。たましきの都《みやこ》のうちに棟《むね》を並《なら》べ、甍《いらか》を争《あらそ（え）》へる高《たか》き賤《いや》しき人《ひと》の住《すま（い）》ひは、世々《よよ》を経《へ》て尽《つ》きせぬものなれど、これをまことかと尋《たず》ぬれば、昔《むかし》ありし家《いえ》は稀《まれ》なり。或《あるい》は去年《こぞ》焼《や》けて、今年《ことし》作《つく》れり。或《あるい》は大家《おおいえ》ほろびて小家《こいえ》となる。住《す》む人《ひと》もこれに同《おな》じ。所《ところ》も変《かわ》らず、人《ひと》も多《おお》かれど、いにしへ《（え）》見《み》し人《ひと》は、二三十人《にさんじゅうにん》が中《なか》にわづか《（ず）》にひとりふたりなり。朝《あした》に死《し》に夕《ゆうべ》に生《うま》るるならひ《（い）》、ただ水《みず》の泡《あわ》

この場面《ばめん》のお話《はなし》

川《かわ》は枯《か》れることなく絶《た》えず流《なが》れている。そのくせ、水《みず》はもとの水《みず》ではない。よどみに浮《う》かぶ水《みず》の泡《あわ》も、こっちで消《き》えたと思《おも》うとあっちにできて、いつまでもとどまってはいない。世《よ》の中《なか》の人《ひと》や家《いえ》も同《おな》じだ。はなやかな都《みやこ》に競《きそ》いあって立《た》ち並《なら》ぶ、身分《みぶん》の高《たか》い人《ひと》や低《ひく》い人《ひと》の家々《いえいえ》もずっとそこにある気《き》がするが、よく見《み》ていくと、昔《むかし》からある家《いえ》はめずらしい。火事《かじ》で焼《や》けて、新《あたら》しく建《た》てた家《いえ》もあれば、大《おお》きな家《いえ》がなくなって小《ちい》さな家《いえ》にかわっていたりする。住《す》む人《ひと》もそうだ。京《きょう》では相《あい》かわらず人《ひと》が多《おお》いが、昔《むかし》からの顔《かお》なじみは数十人《すうにん》に一人二人《ひとりふたり》である。朝《あさ》死《し》ぬ人《ひと》がいる一方《いっぽう》で、夕方《ゆうがた》生《う》まれる命《いのち》がある。まさに、よどみに浮《う》かぶ水《みず》の泡《あわ》にそっくりだ。私《わたし》は知《し》らない、人《ひと》の命《いのち》がどこから来《き》て、どこに消《き》えていくのかを。また、仮《かり》の宿《やど》であるこの世《よ》で、だれのために心《こころ》をすり減《へ》らし、何《なん》のためにぜいたくなくらしにあこがれるのかを。人《ひと》も家《いえ》も先《さき》を争《あらそ》うように消《き》えていく。たとえるなら、朝顔《あさがお》と露《つゆ》だ。露《つゆ》が先《さき》に落《お》ちて、朝顔《あさがお》が残《のこ》っても、昼《ひる》にはしおれてしまう。逆《ぎゃく》に、花《はな》がしぼんで露《つゆ》が残《のこ》っても、日暮《ひぐ》れを待《ま》たずに蒸発《じょうはつ》してしまう。

マンガで読《よ》む！

鴨長明《かものちょうめい》です
神社《じんじゃ》に生《う》まれたけれど神官《しんかん》にはなれず若《わか》いころはフリーターかニートしてて…
琵琶《びわ》と
和歌《わか》はうまいのよ ホント
中年《ちゅうねん》になって出家《しゅっけ》してからは四畳半一間《よじょうはんひとま》のチョー狭《せま》い家《いえ》でいろいろと考《かんが》えて書《か》いてます
たとえば…
はじめまして
川《かわ》はいつも同《おな》じに見《み》えても流《なが》れる水《みず》や泡《あわ》は次々《つぎつぎ》とかわっていく
ヤバっ
ふう
消《き》えるわバイバイ
都《みやこ》にある立派《りっぱ》な家並《いえなみ》はずっとかわらない気《き》がする？
いやいやいや
ボロくなったり火事《かじ》になったり

にぞ似《に》たりける。知《し》らず、生《う》まれ死《し》ぬる人《ひと》いづ《(ず)》かたより来《きた》りて、いづ《(ず)》かたへか去《さ》る。また知《し》らず、仮《かり》の宿《やど》り、誰《た》がためにか心《こころ》を悩《なや》まし、何《なに》によりてか目《め》を喜《よろこ》ばしむる。その主《あるじ》と栖《すみか》と無常《むじょう》を争《あらそ》ふ《(う)》さま、いは《(わ)》ばあさがほ《(お)》の露《つゆ》に異《こと》ならず。或《あるい》は露落《つゆお》ちて、花残《はなのこ》れり。残《のこ》るといへ《(え)》ども、朝日《あさひ》に枯《か》れぬ。或《あるい》は花《はな》しぼみて、露《つゆ》なほ《(お)》消《き》えず。消《き》えずといへ《(え)》ども、夕《ゆうべ》を待《ま》つ事《こと》なし。

方丈《ほうじょう》って?

方丈《ほうじょう》は、一丈四方《いちじょうしほう》のこと。一丈《じょう》は約《やく》三メートルなので、四畳半《じょうはん》～五畳《じょう》半《はん》くらいの広《ひろ》さ。長明《ちょうめい》は出家後《しゅっけご》にくらした庵《いおり》について、「広《ひろ》さはわずかに方丈《ほうじょう》」と書《か》いている。この庵《いおり》はかんたんに解体《かいたい》できて、どこへでも移《い》動《どう》でき、また組《く》み立《た》てることができるものだった。

この小《ちい》さな庵《いおり》の中《なか》で、長明《ちょうめい》はたった一人《ひとり》で生活《せいかつ》をしていた。季節《きせつ》の移《うつ》りかわりや動物《どうぶつ》たちの命《いのち》を感《かん》じながら、心静《こころしず》かにくらす中《なか》で、自分《じぶん》の人《じん》生《せい》をふり返《かえ》ったり、世《よ》の中《なか》のことを考《かんが》えたりしながら、『方丈記《ほうじょうき》』を書《か》いた。

用語解説《ようごかいせつ》

*うたかた……水《みず》に浮《う》かぶ泡《あわ》。はかなく消《き》えやすいもののたとえで使《つか》われることが多《おお》い。
*たましきの都《みやこ》……美《うつく》しい石《いし》(玉《たま》)をしきつめたようなはなやかな都《みやこ》。

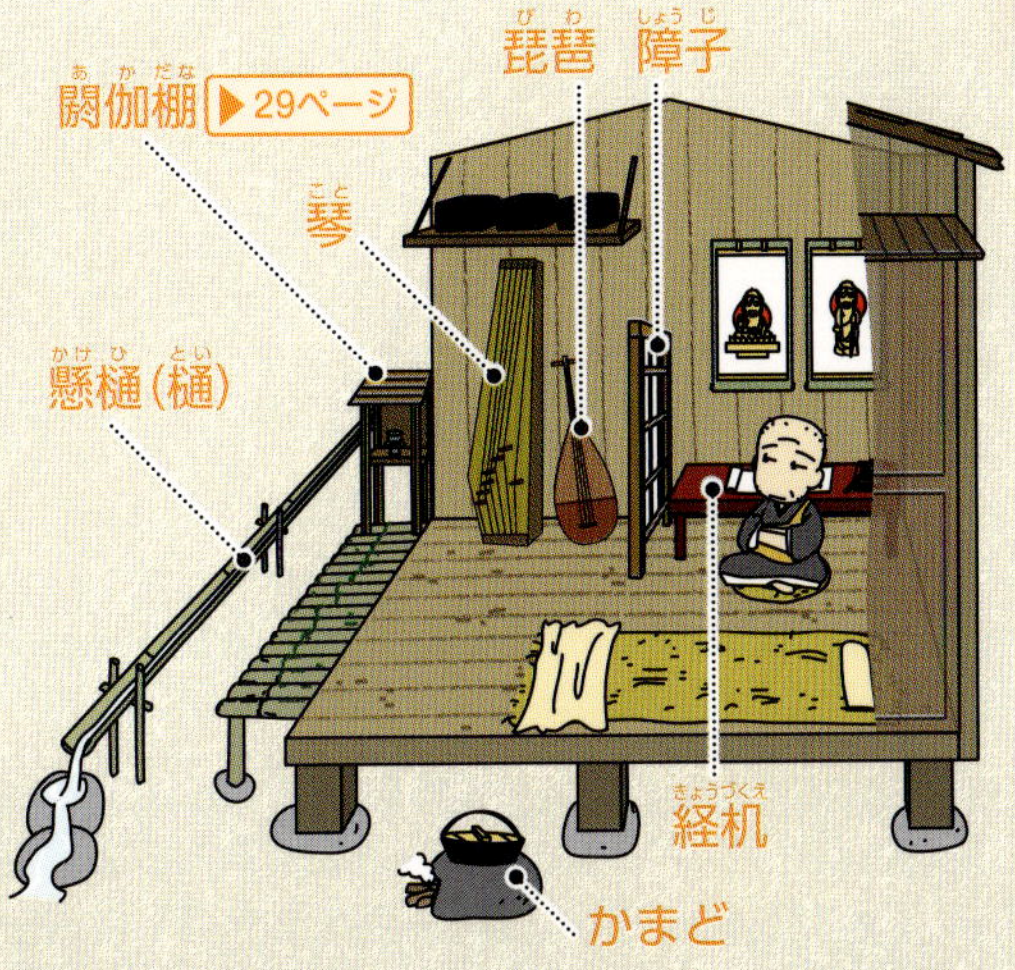

閼伽棚《あかだな》
▶29ページ
琵琶《びわ》
障子《しょうじ》
琴《こと》
懸樋《かけひ》(樋《とい》)
経机《きょうづくえ》
かまど

『方丈記《ほうじょうき》』は「隠者文学《いんじゃぶんがく》」ともいわれる。隠者《いんじゃ》とは、僧侶《そうりょ》など世俗《せぞく》と離《はな》れて生活《せいかつ》する道《みち》を選《えら》んだ人《ひと》のこと。長明《ちょうめい》も出家《しゅっけ》した隠者《いんじゃ》だった。

なぜ、はかないものについてばかり書《か》いたの?

彼《かれ》の人生観《じんせいかん》の基本《きほん》には、無常観《むじょうかん》がある。無常観《むじょうかん》というのは、「この世《よ》ははかなくむなしい」という考《かんが》え方《かた》。人間《にんげん》も動物《どうぶつ》も、家《いえ》や自然《しぜん》も、この世《よ》に存在《そんざい》するものは永遠《えいえん》ではなく、必《かなら》ず終《お》わりがくると、長明《ちょうめい》は悟《さと》っている。火事《かじ》や地震《じしん》にあって家《いえ》や財産《ざいさん》を失《うしな》い、父《ちち》の死《し》も経験《けいけん》した長明《ちょうめい》が、無常観《むじょうかん》にいきついたのは自然《しぜん》な流《なが》れだったかもしれない。

人もかれる…行《い》ったり来《き》たり生《う》まれたり死《し》んだりする
こんにちは
さよなら～
川《かわ》の泡《あわ》と同《おな》じだよね
なのになぜぜいたくな家《いえ》を建《た》てるためにみんなあくせくと働《はたら》くのだろう
ふう
…つかれた
そうやって働《はたら》いて家《いえ》を建《た》てたって
家《いえ》も、そこに住《す》む人《ひと》たちも朝顔《あさがお》の花《はな》と朝露《あさつゆ》みたいに
むなしいのう
どっちが先《さき》かはともかく結局《けっきょく》はみんな消《き》えていくのに

『宇治拾遺物語《うじしゅういものがたり》』

『今昔物語集《こんじゃくものがたりしゅう》』▶48ページと並《なら》ぶ、説話集《せつわしゅう》（語《かた》りつがれたお話《はなし》を集《あつ》めたもの）の代表的作品《だいひょうてきさくひん》。お釈迦様《しゃかさま》の話《はなし》、昔話《むかしばなし》や民話《みんわ》などがおさめられていて、私《わたし》たちが知《し》っている「舌切《したき》り雀《すずめ》」や「こぶとりじいさん」のお話《はなし》などもあります。

たとえばこんなお話《はなし》…

鬼《おに》に瘤取《こぶと》らるる事《こと》
「こぶとりじいさん」のお話《はなし》。

長谷寺参籠《はせでらさんろう》の男《おとこ》
「わらしべ長者《ちょうじゃ》」のお話《はなし》。

雀報恩《すずめほうおん》の事《こと》
「舌切《したき》り雀《すずめ》」のお話《はなし》。

一二〇〇年代《ねんだい》の前半《ぜんはん》につくられた説話集《せつわしゅう》。全《ぜん》十五巻《かん》で編者《へんじゃ》は不明《ふめい》。一九七話《わ》の説話《せつわ》がおさめられている。内容《ないよう》によって、「仏教説話《ぶっきょうせつわ》」と「世俗《せぞく》説話《せつわ》」に大《おお》きく分《わ》けられる。仏教説話《ぶっきょうせつわ》は、約《やく》八〇話《わ》ある。お釈迦様《しゃかさま》についてや、あの世《よ》とこの世《よ》の話《はなし》、高僧《こうそう》の話《はなし》など、仏教《ぶっきょう》の信仰《しんこう》に関《かん》するお話《はなし》があり、中《なか》には僧《そう》の失敗談《しっぱいだん》やこっけい話《ばなし》などもある。世俗説話《せぞくせつわ》は、約《やく》一一〇話《わ》。古《ふる》くからのいい伝《つた》えや昔話《むかしばなし》、世《よ》の中《なか》のおもしろいエピソードなど。現代《げんだい》に伝《つた》わるお話《はなし》も入《はい》っている。

お話《はなし》の多《おお》くが「今《いま》は昔《むかし》」や「これも昔《むかし》」などの言葉《ことば》ではじまる。現代《げんだい》の昔話《むかしばなし》が「昔《むかし》むかし、あるところに……」という書《か》き出《だ》しではじまるのと似《に》ている。

作品名：宇治拾遺物語絵巻より「門部府生海賊射返す事」　所蔵先：出光美術館

昔話《むかしばなし》や伝説《でんせつ》を集《あつ》めてできた物語《ものがたり》

神話《しんわ》、伝説《でんせつ》、民話《みんわ》、童話《どうわ》などの文学《ぶんがく》を「説話文学《せつわぶんがく》」といい、説話《せつわ》をたくさん集《あつ》めたものを「説話集《せつわしゅう》」という。平安時代《へいあんじだい》から鎌倉時代《かまくらじだい》にかけては、説話文学《せつわぶんがく》の人気《にんき》が高《たか》まり、『宇治拾遺物語《うじしゅういものがたり》』や『今昔物語集《こんじゃくものがたりしゅう》』以外《いがい》にもたくさんの説話集《せつわしゅう》がつくられた。

そのほかの説話文学《せつわぶんがく》

『日本霊異記《にほんりょういき》』

編者《へんじゃ》：景戒《きょうかい》（「けいかい」とも。生没年不明《せいぼつねんふめい》）。薬師寺《やくしじ》の僧《そう》

成立《せいりつ》：八二二年《ねん》ごろ

内容《ないよう》：全《ぜん》三巻《かん》、約《やく》一一六話《わ》からなる。日本最古《にほんさいこ》の仏教説話集《ぶっきょうせつわしゅう》で、奈良時《ならじ》代《だい》の説話《せつわ》が中心《ちゅうしん》。

『三宝絵詞《さんぼうえことば》』

編者《へんじゃ》：源為憲《みなもとのためのり》（?〜一〇一一）

成立《せいりつ》：九八四年《ねん》

内容《ないよう》：全《ぜん》三巻《かん》、約《やく》六二話《わ》からなる。仏教《ぶっきょう》の入門書《にゅうもんしょ》で、絵《え》と詞書《ことばがき》で構成《こうせい》された仏教説話《ぶっきょうせつわ》であるが、絵《え》は伝《つた》わっていない。

『古本説話集《こほんせつわしゅう》』

編者《へんじゃ》：不明《ふめい》

成立《せいりつ》：一一〇〇年代《ねんだい》か

内容《ないよう》：上《じょう》・下《げ》の二巻《かん》、約《やく》七〇話《わ》からなる。上巻《じょうかん》は和歌《わか》に関《かん》する説話《せつわ》。下巻《げかん》は仏教説話《ぶっきょうせつわ》。

『発心集《ほっしんしゅう》』

編者《へんじゃ》：鴨長明《かものちょうめい》（一一五五?〜一二一六）

成立《せいりつ》：一二一五年《ねん》ごろ（諸説《しょせつ》あり）

内容《ないよう》：全《ぜん》八巻《かん》、約《やく》一〇〇話《わ》の仏教説話《ぶっきょうせつわ》をおさめる。話《はなし》の最後《さいご》に作者《さくしゃ》の感《かん》想《そう》がついていて、そこは随筆《ずいひつ》のようでもある。

『十訓抄《じっきんしょう》』

編者《へんじゃ》：不明《ふめい》

成立《せいりつ》：一二五二年《ねん》

内容《ないよう》：全《ぜん》三巻《かん》十編《ぺん》、約《やく》二八〇話《わ》からなる。中国《ちゅうごく》、日本《にほん》の教訓《きょうくん》を書《か》いた説《せつ》話《わ》を集《あつ》めている。

『古今著聞集《ここんちょもんじゅう》』

編者《へんじゃ》：橘成季《たちばなのなりすえ》（生没年不明《せいぼつねんふめい》）

成立《せいりつ》：一二五四年《ねん》

内容《ないよう》：全《ぜん》二十巻《かん》、約《やく》七〇〇話《わ》からなる。貴族文化《きぞくぶんか》へのあこがれが強《つよ》く、日本《にほん》の説話《せつわ》に限定《げんてい》して集《あつ》めた。

『宇治拾遺物語絵巻《うじしゅういものがたりえまき》』の一場面《いちばめん》。弓《ゆみ》が得意《とくい》な門部府生《かどべのふしょう》という男《おとこ》の話《はなし》で、門部府生《かどべのふしょう》が海賊《かいぞく》を弓《ゆみ》で撃退《げきたい》しているところ。

宇治拾遺物語《うじしゅういものがたり》
巻《まき》一（第《だい》十二）

寝《ね》たふりは、ばればれだった？
児《ちご》の掻餅《かいもちい》するに空寝《そらね》したる事《こと》

説話《せつわ》

原文《げんぶん》を読《よ》んでみよう

これも今《いま》は昔《むかし》、比叡《ひえ》の山《やま》に児《ちご》ありけり。僧《そう》たち宵《よい》のつれづれに、「いざ、掻餅《かいもちい》せん」といひ《（い）》けるを、この児心《ちごごころ》寄《よ》せに聞《き》きけり。「さりとて、し出《いだ》さんを待《ま》ちて寝《ね》ざらんもわろかりなん」と思《おも》ひ《（い）》て、片方《かたかた》に寄《よ》りて、寝《ね》たる由《よし》にて出《い》で来《く》るを待《ま》ちけるに、すでにし出《いだ》したるさまにて、ひしめき合《あ》ひ《（い）》たり。

この児《ちご》、「定《さだ》めて驚《おどろ》かさんずらん」と待《ま》ちゐ《（い）》たるに、僧《そう》の、「物申《ものもう》し候《さぶら》は《（わ）》ん。驚《おどろ》かせ給《たま》へ《（え）》」といふ《（う）》を、うれしとは思《おも》へ《（え）》ども、「ただ一度《いちど》にいらへ《（え）》んも、待《ま》ちけるかともぞ思《おも》ふ《（う）》」とて、「今一《いまひと》声呼《こえよ》ばれていらへ《（え）》ん」と念《ねん》じて寝《ね》たる程《ほど》に、「や、な起《おこ》し奉《たてまつ》りそ。幼《おさな》き人《ひと》は

この場面《ばめん》のお話《はなし》

これも今《いま》は昔《むかし》、比叡山《ひえいざん》に男《おとこ》の子《こ》がいた。男《おとこ》の子《こ》は僧《そう》たちが夜《よる》のひまつぶしに「掻餅《かいもち》でもつくろう」というのをわくわくしながら聞《き》いていたが、「できあがりを待《ま》って遅《おそ》くまで起《お》きているとみっともないかな」と思《おも》い、部屋《へや》の隅《すみ》で寝《ね》たふりをして待《ま》つことにした。やがて、できあがったようで、僧《そう》たちが盛《も》り上《あ》がっている。

「きっと起《お》こしてくれるはず」と男《おとこ》の子《こ》が待《ま》っていると、一人《ひとり》の僧《そう》が「どれどれ、起《お》きているかな？」と声《こえ》をかけてくれた。やったぞと思《おも》ったが、「すぐ返事《へんじ》すると、待《ま》ちかまえていたと思《おも》われるかも」と考《かんが》え、「次《つぎ》によばれたら返事《へんじ》しよう」と寝《ね》たふりを続《つづ》けた。すると、「起《お》こしなさんな、あの子《こ》は寝《ね》てしまったんだ」という声《こえ》がする。これはまずいと焦《あせ》りつつ、「もう一度《いちど》起《お》こして！」と心《こころ》で念《ねん》じながら寝《ね》ていると、むしゃむしゃと食《た》べる音《おと》がする。どうしようもなくなった男《おとこ》の子《こ》は、たまらず「はあい」と返事《へんじ》をした。それを見《み》た僧《そう》たちは笑《わら》いが止《と》まらなかった。

マンガで読《よ》む！

ある晩《ばん》…
昔《むかし》むかし
比叡山《ひえいざん》の
延暦寺《えんりゃくじ》に
小《ちい》さい子《こ》どもが
いました
ひまだし
掻餅《かいもち》を
つくろうよ
いいね！
ちょうど
ハラが
へってた
ナイス
アイディア！
掻餅食《かいもちた》べたい…
寝《ね》ないで待《ま》ってたら
食《く》いしん坊《ぼう》みたいで
かっこ悪《わる》いかな
これ
たのむ
おう
よしっ
いいじゃん
ペッタン
ペッタン
寝《ね》たふりしながら
待《ま》ってようっと
できたらきっと

寝《ね》入《い》り給《たま》ひ《(い)》にけり」とい ふ《(う)》声《こえ》のしければ、あなわびしと思《おも》ひ《(い)》て、「今一度《いまいちど》起《おこ》せかし」と思《おも》ひ《(い)》寝《ね》に聞《き》けば、ひしひしとただ食《く》ひ《(い)》に食《く》ふ《(う)》音《おと》のしければ、すべなくて、無期《むご》の後《のち》に、「えい」といらへ《(え)》たりければ、僧《そう》たち笑《わら》ふ《(う)》事《こと》限《かぎ》りなし。

比叡山《ひえいざん》ってどこ？

京都府《きょうとふ》と滋賀県《しがけん》の県境《けんざかい》にある比《ひ》叡山《えいざん》は、山全体《やまぜんたい》が神様《かみさま》として信仰《しんこう》の対象《たいしょう》になっている。天台宗《てんだいしゅう》の開《かい》祖《そ》である最澄《さいちょう》が延暦《えんりゃく》七（七八八）年《ねん》、天台宗《てんだいしゅう》の総本山《そうほんざん》としてこの地《ち》に延暦寺《えんりゃくじ》を開《ひら》いた。

比叡山《ひえいざん》がもっとも栄《さか》えた平安時《へいあんじ》代《だい》には、三〇〇〇もの寺院《じいん》があった。それだけ多《おお》くの人々《ひとびと》が、お参《まい》りに訪《おとず》れたり、寺院《じいん》に住《す》みこんで修《しゅ》行《ぎょう》をしたりしていたということ。このお話《はなし》に出《で》てくる僧侶《そうりょ》や稚児《ちご》たちも、ここで修行《しゅぎょう》をしている。

所蔵先：比叡山延暦寺

「掻餅《かいもちい》」ってどんな餅《もち》？

おはぎやぼた餅《もち》のような甘《あま》い餅《もち》という説《せつ》と、そばがきのような餅《もち》とする説《せつ》がある。ぼた餅《もち》という説《せつ》が多《おお》いが、時間《じかん》が夜《よる》であることと、男性《だんせい》であるお坊《ぼう》さんたちが食《た》べたという理由《りゆう》からそばがきではともいわれている。

ぼた餅《もち》。餅米《もちごめ》を蒸《む》して丸《まる》めたものに、きなこやあんこをまぶして食《た》べる。

そば餅《もち》。そば粉《こ》を熱湯《ねっとう》でこねて餅状《もちじょう》にしたもの。

gontabunta/PIXTA

どうして僧《そう》は笑《わら》ったの？

男《おとこ》の子《こ》がたぬき寝入《ねい》りをしていることは、まわりの僧侶《そうりょ》たちは承知《しょうち》していた。それを気《き》づいていないふりして、男《おとこ》の子《こ》がどう反応《はんのう》するかを見《み》て楽《たの》しんでいたのだ。男《おとこ》の子《こ》が僧侶《そうりょ》たちにかわいがられていたことがわかる。

用語解説《ようごかいせつ》

＊児《ちご》……稚児《ちご》。寺《てら》で僧侶《そうりょ》の世話《せわ》をする出家前《しゅっけまえ》の少年《しょうねん》。▼33ページ

＊物申《ものもう》し候《さぶら》はん……もしもし。声《こえ》をおかけしますよ。

＊いらへん……応答《おうとう》する。「はい」「いいえ」など返事《へんじ》をする。

『今昔物語集《こんじゃくものがたりしゅう》』

日本最大《にほんさいだい》の説話集《せつわしゅう》▶45ページで、「今昔《いまはむかし》」ではじまる説話《せつわ》が1000以上集《いじょうあつ》まっています。貴族《きぞく》、武士《ぶし》、僧侶《そうりょ》、農民《のうみん》、商人《しょうにん》、盗賊《とうぞく》、天狗《てんぐ》、鬼《おに》など多彩《たさい》な登場人物《とうじょうじんぶつ》がいて、どのお話《はなし》を読《よ》んでも楽《たの》しめます。

一一〇〇年代《ねんだい》の前半《ぜんはん》につくられた説話集《せつわしゅう》。編者《へんじゃ》は不明《ふめい》。全《ぜん》三十一巻《かん》、一〇〇〇話以上《わいじょう》の説話《せつわ》がおさめられている。

説話《せつわ》は、インド、中国《ちゅうごく》、日本《にほん》の三部《ぶ》に分《わ》かれている。当時《とうじ》の人々《ひとびと》の感覚《かんかく》では、インド、中国《ちゅうごく》、日本《にほん》は「全世界《ぜんせかい》」を意味《いみ》していた。編者《へんじゃ》は、この世《よ》のすべての説話《せつわ》を集《あつ》める気持《きも》ちで、あちこちの書物《しょもつ》から説話《せつわ》を探《さが》し、『今昔物語集《こんじゃくものがたりしゅう》』をまとめたのかもしれない。そのため、『今昔物語集《こんじゃくものがたりしゅう》』にしかない説話《せつわ》というのは少《すく》なく、ほとんどは『日本霊異記《にほんりょういき》』や『三宝絵詞《さんぼうえことば》』などほかの説話集《せつわしゅう》にのっている話《はなし》と共通《きょうつう》している。

内容《ないよう》には、仏教説話《ぶっきょうせつわ》と世俗説話《せぞくせつわ》がある。仏教説話《ぶっきょうせつわ》は、釈迦《しゃか》や仏教《ぶっきょう》の誕生《たんじょう》、中国《ちゅうごく》や日本《にほん》への伝来《でんらい》、観音《かんのん》や菩薩《ぼさつ》がもたらす不思議《ふしぎ》な力《ちから》の話《はなし》など。世俗説話《せぞくせつわ》は、天皇《てんのう》や貴族《きぞく》の時代《じだい》から武士《ぶし》の時代《じだい》に移《うつ》りかわる世《よ》の中《なか》で、たくましく生《い》きる人々《ひとびと》の様子《ようす》を生《い》き生《い》きとえがいている。

巻《まき》二十四には、安倍晴明《あべのせいめい》という陰陽師《おんみょうじ》の話《はなし》も出《で》てくるよ。陰陽師《おんみょうじ》は、占《うらな》いやおはらいなどを仕事《しごと》にしていたんだ。

『今昔物語集《こんじゃくものがたりしゅう》』巻《まき》二十七には鬼《おに》や妖怪《ようかい》などが練《ね》り歩《ある》く話《はなし》が出《で》る。こうした話《はなし》は『宇治拾遺物語《うじしゅういものがたり》』▶44ページなど多《おお》くの文学《ぶんがく》に登場《とうじょう》し、『百鬼夜行絵巻《ひゃっきやこうえまき》』もつくられた。

巻《まき》ごとに分《わ》かれたお話《はなし》

『今昔物語集《こんじゃくものがたりしゅう》』のお話《はなし》は、インド、中国《ちゅうごく》、日本《にほん》と大《おお》きく三部《ぶ》に分《わ》けられ、説話《せつわ》の内容《ないよう》によって並《なら》べられている。日本《にほん》のお話《はなし》は巻《まき》十一から三十一で、仏教説話《ぶっきょうせつわ》と世俗説話《せぞくせつわ》に分《わ》けられている。

巻《まき》一～五

天竺《てんじく》(インド)を舞台《ぶたい》にした仏教説話《ぶっきょうせつわ》。仏教《ぶっきょう》を開《ひら》いた釈迦《しゃか》の一生《いっしょう》を中心《ちゅうしん》に、釈迦《しゃか》の前世《ぜんせ》の話《はなし》や、釈迦《しゃか》の弟子《でし》の話《はなし》などがある。

巻《まき》六～十

震旦《しんたん》(中国《ちゅうごく》)を舞台《ぶたい》にした仏教説話《ぶっきょうせつわ》。中国《ちゅうごく》へ仏教《ぶっきょう》が伝《つた》わり、広《ひろ》まっていく様子《ようす》や、仏教《ぶっきょう》のすばらしさを説《と》く話《はなし》、中国《ちゅうごく》の有名《ゆうめい》な僧侶《そうりょ》の話《はなし》などがある。

巻《まき》十一～二十

日本《にほん》を舞台《ぶたい》にした仏教説話《ぶっきょうせつわ》。日本《にほん》に仏教《ぶっきょう》が伝《つた》わり、広《ひろ》まった過程《かてい》についてや、観音《かんのん》や地《じ》蔵菩薩《ぞうぼさつ》の不思議《ふしぎ》な話《はなし》、天狗《てんぐ》の話《はなし》などがある。

巻《まき》二十一～三十一

日本《にほん》を舞台《ぶたい》にした世俗説話《せぞくせつわ》。藤原一族《ふじわらいちぞく》の話《はなし》、芸能《げいのう》や道術《どうじゅつ》にまつわる話《はなし》、源平《げんぺい》を中心《ちゅうしん》とした武士《ぶし》の話《はなし》、鬼《おに》や幽霊《ゆうれい》の話《はなし》、笑《わら》い話《ばなし》、犯罪《はんざい》の話《はなし》、恋愛話《れんあいばなし》、各地《かくち》の伝説《でんせつ》など、幅広《はばひろ》いテーマや登場人物《とうじょうじんぶつ》の話《はなし》がある。

近代文学《きんだいぶんがく》にも影響《えいきょう》を与《あた》えた？

『今昔物語集《こんじゃくものがたりしゅう》』はのちの時代《じだい》の作家《さっか》にも影響《えいきょう》を与《あた》えた。近代文学《きんだいぶんがく》では、芥川龍之介《あくたがわりゅうのすけ》や谷崎潤一郎《たにざきじゅんいちろう》などが『今昔物語集《こんじゃくものがたりしゅう》』をもとに作品《さくひん》を書《か》いている。

『今昔物語集《こんじゃくものがたりしゅう》』の説話《せつわ》をヒントに、『羅生門《らしょうもん》』や『鼻《はな》』を書《か》いたんだ。
芥川龍之介《あくたがわりゅうのすけ》

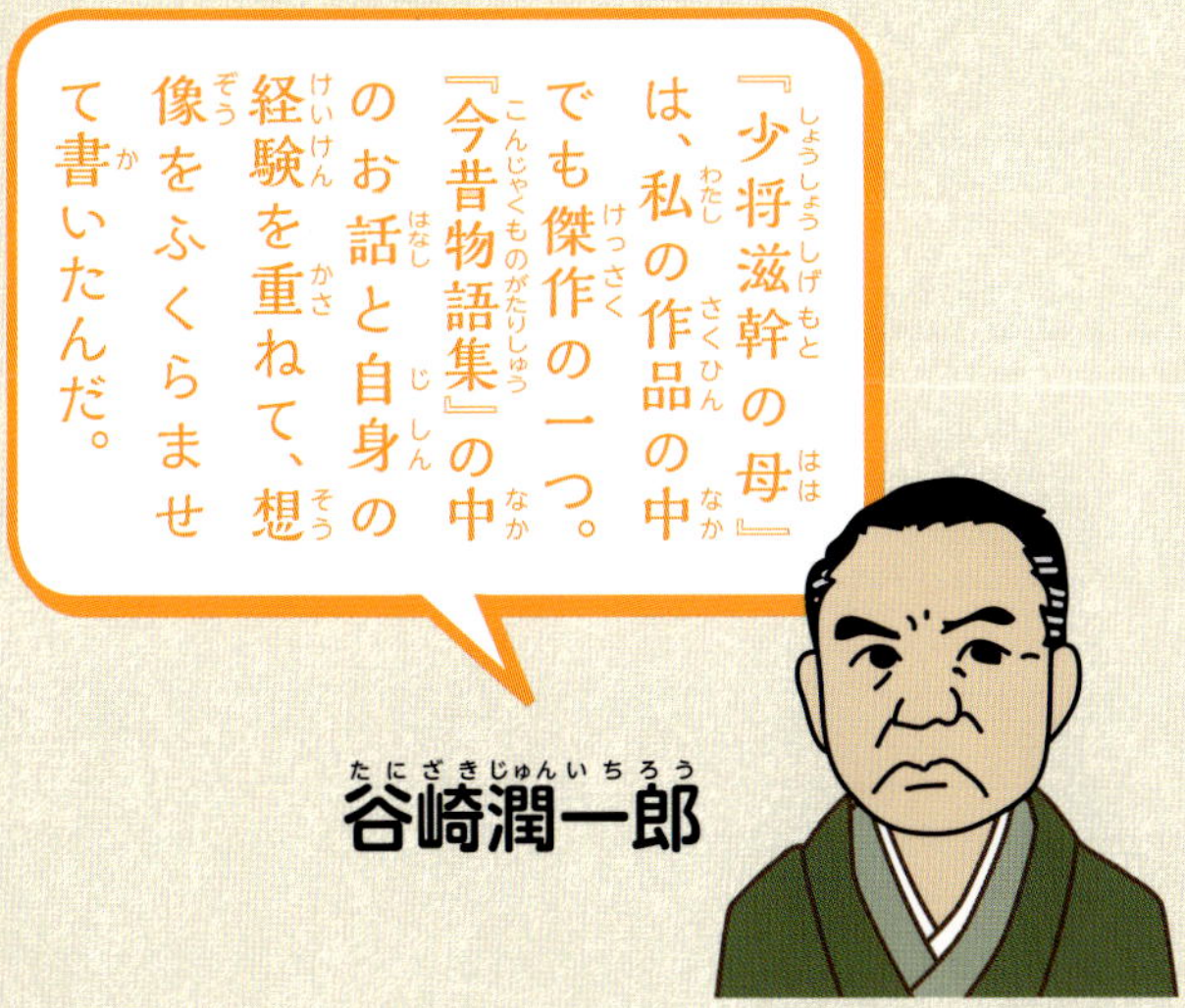
『少将滋幹《しょうしょうしげもと》の母《はは》』は、私《わたし》の作品《さくひん》の中《なか》でも傑作《けっさく》の一つ。『今昔物語集《こんじゃくものがたりしゅう》』の中《なか》のお話《はなし》と自身《じしん》の経験《けいけん》を重《かさ》ねて、想像《そうぞう》をふくらませて書《か》いたんだ。
谷崎潤一郎《たにざきじゅんいちろう》

作品名：百鬼夜行絵巻　所蔵先：国立国会図書館

今昔物語集《こんじゃくものがたりしゅう》
巻《まき》二十八（第《だい》十六）

頭《あたま》を使《つか》ってピンチを切《き》りぬける
阿蘇史値盗人謀遁語《あそのさかんぬすびとにあいてはかりてのがるること》

説話《せつわ》

原文《げんぶん》を読《よ》んでみよう

今昔《いまはむかし》、阿蘇《あそ》ノ□□ト云《い（う）》フ史《さかん》有《あり》ケリ。長《た》ケ短也《ひきなり》ケレドモ、魂《たましい》ハ極《いみじ》キ盗人《ぬすびと》ニテゾ有《あり》ケル。

家《いえ》ハ西《にし》ノ京《きょう》ニ有《あり》ケレバ、公事《くじ》有《あり》テ内《うち》ニ参《まいり》テ、夜《よ》深《ふ》更《け》テ家《いえ》ニ返《かえり》ケルニ、東《ひんがし》ノ中《なか》ノ御門《ごもん》ヨリ出《いで》テ、車《くるま》ニ乗《のり》テ、大宮下《おおみやくだり》ニ遣《やら》セテ行《ゆき》ケルニ、着《き》タル装束《しょうぞく》ヲ皆解《みなとき》テ、片端《かたはし》ヨリ皆帖《みなたたみ》テ、車《くるま》ノ畳《たたみ》ノ下《した》ニ直《うるわし》ク置《おき》テ、其《そ》ノ上《うえ》ニ畳《たたみ》ヲ敷《しき》テ、史《さかん》ハ冠《かむり》ヲシ襪《したうず》ヲ履《はき》テ、裸《はだか》ニ成《なり》テ車《くるま》ノ内《うち》ニ居《い》タリ。

然《さ》テ、二条《にじょう》ヨリ西様《にしざま》ニ遣《やら》セテ行《ゆ》クニ、美福門《びふくもん》ノ程《ほど》ヲ過《すぐ》ル間《あいだ》ニ、盗人傍《ぬすびとかたわら》ヨリハラハラト出来《いでき》ヌ。車《くるま》ノ轅《ながえ》ニ付《つき》テ、牛飼童《うしかいわらわ》ヲ打《う》テバ、童《わらわ》ハ牛《うし》ヲ棄《すて》テ逃《にげ》ヌ。

この場面《ばめん》のお話《はなし》

昔《むかし》むかし、阿蘇《あそ》の□□という役人《やくにん》がいた。背《せ》は低《ひく》いが、根性《こんじょう》のすわった男《おとこ》だった。

仕事《しごと》で内裏《だいり》に行《い》った役人《やくにん》は、夜遅《よるおそ》く家《いえ》に帰《かえ》るのに、御所《ごしょ》の東《ひがし》の待賢門《たいけんもん》を出《で》て、牛車《ぎっしゃ》に乗《の》って大宮大路《おおみやおおじ》を南《みなみ》に進《すす》んでいった。牛車《ぎっしゃ》の中《なか》で、彼《かれ》は着《き》ていた着物《きもの》をぬぎ、ていねいにたたんで、たたみの下《した》に隠《かく》した。そして、自分《じぶん》は冠《かんむり》と足袋《たび》だけの格好《かっこう》で座《すわ》っていた。

さて、二条大路《にじょうおおじ》から西《にし》に向《む》かって進《すす》んでいくと、美福門《びふくもん》をすぎたあたりの暗闇《くらやみ》から盗人《ぬすっと》がばらばらと出《で》てくるではないか。牛飼《うしか》いは盗人《ぬすっと》になぐられて逃《に》げてしまい、それを見《み》たほかのともの者《もの》たちも一目散《いちもくさん》に逃《に》げていった。盗人《ぬすっと》が牛車《ぎっしゃ》のすだれを上《あ》げると、そこには裸《はだか》の役人《やくにん》が座《すわ》っている。「これはどうしたことか」と盗人《ぬすっと》が驚《おどろ》いてたずねると、役人《やくにん》は「東《ひがし》の大宮大路《おおみやおおじ》で、あなた方《がた》のような人《ひと》たちがあらわれ、私《わたし》の着物《きもの》を持《も》って行《い》きました」といった。まるで高貴《こうき》な人《ひと》にするようにかしこまって答《こた》えたので、盗人《ぬすっと》は笑《わら》って去《さ》っていった。その後《ご》、役人《やくにん》が「お～い」と大《おお》きな声《こえ》でよぶと、ともの者《もの》たちがもどってきた。それから何事《なにごと》もなかったかのように、役人《やくにん》は家《いえ》

マンガで読《よ》む！
昔《むかし》むかし 阿蘇《あそ》の○○という 役人《やくにん》がいました
背《せ》は低《ひく》いけど ごうかいな男《おとこ》でした
こわいもの などないぞ
ある日《ひ》のこと…
残業《ざんぎょう》で帰《かえ》りが 夜中《よなか》になって しまいました
すると役人《やくにん》は牛車《ぎっしゃ》の 中《なか》で着物《きもの》をぬいで…
ぬぎっ
座《すわ》ってる 敷物《しきもの》の 下《した》に敷《し》い たのです
そこへ悪者登場《わるものとうじょう》！
おう
命《いのち》が惜《お》しけりゃ 金目《かねめ》のものを よこしな！

車《くるま》ノ後《しり》ニ雑色《ぞうしき》二《に》三人《さんにん》有《あり》ケルモ皆《みな》逃《にげ》テ去《い》ニケリ。盗人寄来《ぬすびとより き》テ、車《くるま》ノ簾《すだれ》ヲ引開《ひきあけ》テ見《み》ルニ、裸《はだか》ニテ史《さかん》居《い》タレバ、盗人《ぬすびと》、「奇異《あさまし》」ト思《おもい》テ、「此《こ》ハ何《い》カニ」ト問《と》へ《(え)》バ、史《さかん》、「東《ひんがし》ノ大宮《おおみや》ニテ如此也《かくのごとくなり》ツル。君達寄来《きんだちより き》テ、己《おのれ》ガ装束《しょうぞく》ヲバ皆召《みなめ》シツ」ト笏《しゃく》ヲ取《とり》テ、吉《よ》キ人《ひと》ニ物申《ものもう》ス様《よう》ニ畏《かしこ》マリテ答《こた》へ《(え)》ケレバ、盗人咲《ぬすびとわらい》テ棄《す》テ去《い》ニケリ。其《そ》ノ後《のち》、史音《さかんこえ》ヲ挙《あげ》テ牛飼童《うしかいわらわ》ヲモ呼《よび》ケレバ、皆出来《みないでき》ニケリ。其《それ》ヨリナム《(ん)》家《いえ》ニ返《かえり》ニケル。

に帰《かえ》って行《い》ったのだった。

このお話《はなし》の続《つづ》きは……

家《いえ》に着《つ》き、このできごとを妻《つま》に話《はな》したところ、妻《つま》は「あなたはその盗賊《とうぞく》よりも一《いち》枚《まい》うわてだったということね」といって笑《わら》った。

どうして冠《かんむり》と足袋《たび》はつけたままだったの？

この時代《じだい》、冠《かんむり》がない男性《だんせい》は成人前《せいじんまえ》の子《こ》どもだけで、冠《かんむり》のない男性《だんせい》がいたら、まともな大人《おとな》あつかいされないほどだった。そのため、冠《かんむり》だけは外《はず》さなかった。また、当時《とうじ》の男性《だんせい》は全員《ぜんいん》「髻《まげ》」を結《ゆ》っていて、これで冠《かんむり》を固定《こてい》していた。しかし、足袋《たび》（襪《したうず》）をぬがなかった理由《りゆう》はよくわかっていない。

このお話《はなし》の場所《ばしょ》

このお話《はなし》は、平安時代《へいあんじだい》の都《みやこ》、平《へい》安京《あんきょう》を舞台《ぶたい》に書《か》かれている。平《へい》安京《あんきょう》の地図《ちず》で、物語《ものがたり》に出《で》てくる場《ば》所《しょ》を見《み》てみよう。

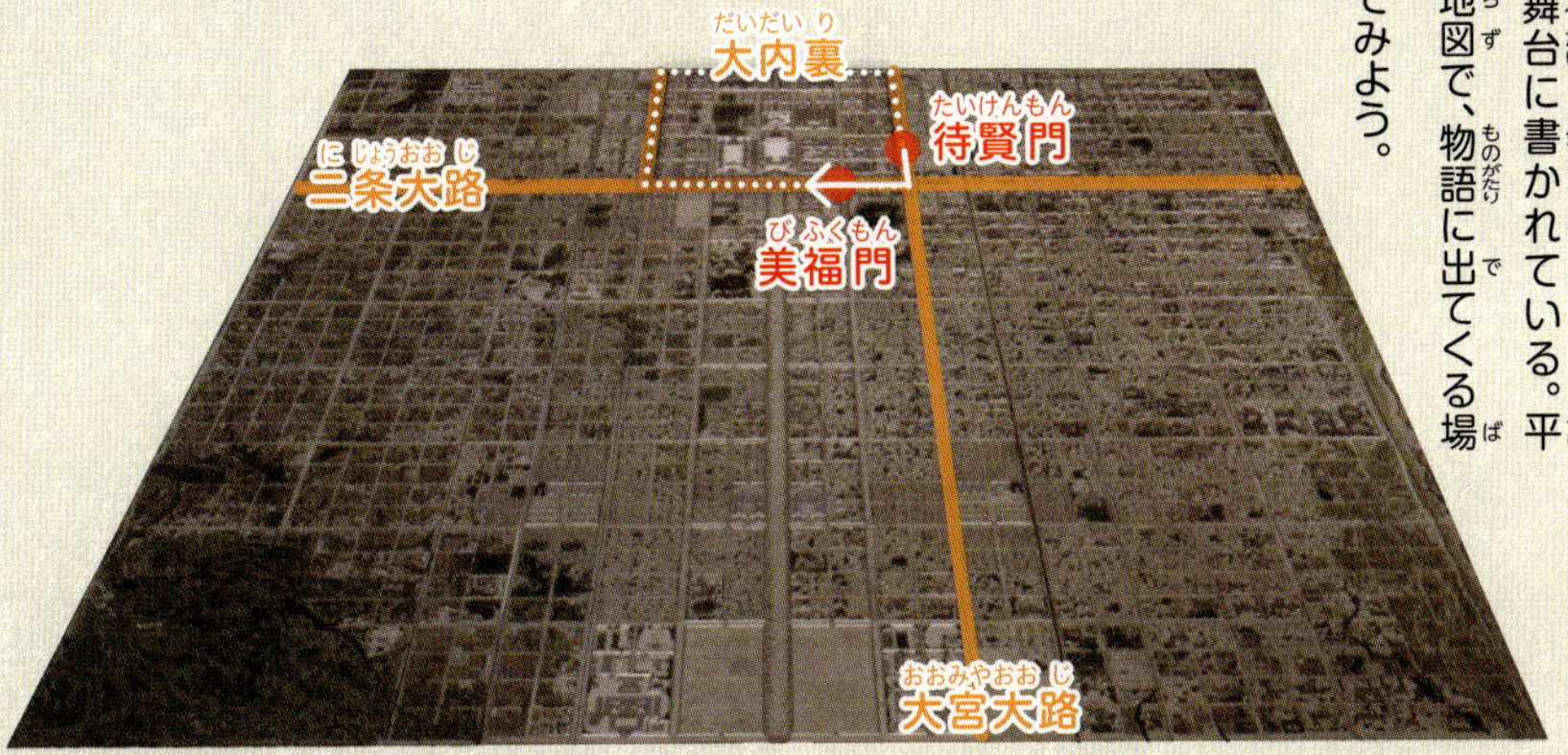
大内裏《だいだいり》
待賢門《たいけんもん》
二条大路《にじょうおおじ》
美福門《びふくもん》
大宮大路《おおみやおおじ》
平安京復元模型所蔵先：京都市歴史資料館

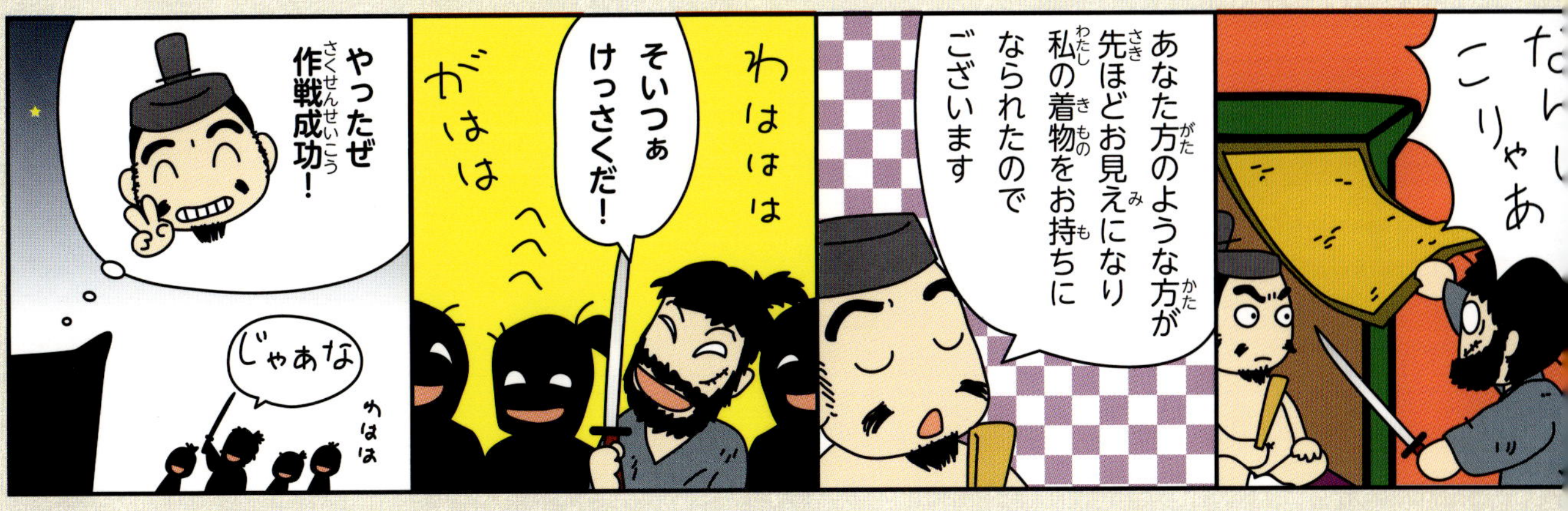
こりゃあ
あなた方《がた》のような方《かた》が先《さき》ほどお見《み》えになり私《わたし》の着物《きもの》をお持《も》ちになられたのでございます
わははは
そいつぁけっさくだ！
がはは
へへへ
やったぜ作戦成功《さくせんせいこう》！
じゃあな
わはは

コラム 2

物語《ものがたり》を広《ひろ》めた琵琶法師《びわほうし》

『平家物語《へいけものがたり》』は、琵琶法師《びわほうし》の演奏《えんそう》と語《かた》りによって、人々《ひとびと》の間《あいだ》に伝《つた》わりました。琵琶法師《びわほうし》とはどのような人《ひと》たちでしょうか。また、『平家物語《へいけものがたり》』の歴史《れきし》において、彼《かれ》らが果《は》たした役割《やくわり》とは？

盲目《もうもく》の芸能者《げいのうしゃ》

琵琶法師《びわほうし》は、琵琶《びわ》という絃楽器《げんがっき》を持《も》った、盲目《もうもく》の僧侶《そうりょ》。新仏教《しんぶっきょう》を開《ひら》いた僧侶《そうりょ》たちが辻説法《つじせっぽう》▼15ページをしたように、各地《かくち》を歩《ある》いて移動《いどう》し、街角《まちかど》で琵琶《びわ》を弾《ひ》きながら、その曲《きょく》に合《あ》わせて『平家物語《へいけものがたり》』などを歌《うた》うように語《かた》った。これを「平曲《へいきょく》」という。彼《かれ》らは平曲《へいきょく》を聞《き》かせることで、聴衆《ちょうしゅう》からお金《かね》をもらって生活《せいかつ》をしていた。行事《ぎょうじ》や宴会《えんかい》などによばれて、平曲《へいきょく》をひろうすることもあった。

平曲《へいきょく》は、師匠《ししょう》から弟子《でし》に口伝《くちづた》えで伝《つた》えられることが多《おお》く、歌《うた》われている間《あいだ》に少《すこ》しずついいまわしがかわっていった。そのため、さまざまな『平《へい》家物語《けものがたり》』が存在《そんざい》することとなった。

琵琶法師《びわほうし》が語《かた》った軍記物語《ぐんきものがたり》

合戦《かっせん》を中心《ちゅうしん》に、時代《じだい》をえがく文学《ぶんがく》を「軍記物語《ぐんきものがたり》」という。琵琶法師《びわほうし》によって、語《かた》り物《もの》として伝《つた》えられた。鎌倉時代《かまくらじだい》には、『平家物語《へいけものがたり》』▼53～73ページ『保元物語《ほうげんものがたり》』『平治物語《へいじものがたり》』▼74ページなど多《おお》くの軍記物語《ぐんきものがたり》が生《う》まれた。

『将門記《しょうもんき》』
作者《さくしゃ》：不明《ふめい》　**成立《せいりつ》**：九四〇年以降《ねんいこう》
内容《ないよう》：東国《とうごく》で平将門《たいらのまさかど》が起《お》こした乱《らん》の様子《ようす》をえがく。軍記物《ぐんきもの》語《がたり》の先《さき》がけとされる。

『保元物語《ほうげんものがたり》』
作者《さくしゃ》：不明《ふめい》　**成立《せいりつ》**：鎌倉時代初期《かまくらじだいしょき》
内容《ないよう》：一一五六年《ねん》の鳥羽院《とばいん》の死《し》をきっかけに起《お》こった、藤《ふじ》原氏《わらし》、源氏《げんじ》、平氏《へいし》の戦乱《せんらん》(保元《ほうげん》の乱《らん》)をえがく。

『平治物語《へいじものがたり》』
作者《さくしゃ》：不明《ふめい》。　**成立《せいりつ》**：鎌倉時代初期《かまくらじだいしょき》
内容《ないよう》：一一五九年《ねん》の平治《へいじ》の乱《らん》をえがく。藤原信頼《ふじわらののぶより》と源義朝《みなもとのよしとも》が起《お》こし、平清盛《たいらのきよもり》が平定《へいてい》した。

『太平記《たいへいき》』
作者《さくしゃ》：不明《ふめい》　**成立《せいりつ》**：一三〇〇年代半《ねんだいなか》ば
内容《ないよう》：鎌倉幕府《かまくらばくふ》の滅亡《めつぼう》、南北朝《なんぼくちょう》の争《あらそ》い、室町幕府《むろまちばくふ》の成立《せいりつ》など、約《やく》五十年間《ねんかん》をえがく。江戸時代《えどじだい》には、「太平記読《たいへいきよ》み」とよばれる講釈師《こうしゃくし》によりさかんに語《かた》られた。

『曾我物語《そがものがたり》』
作者《さくしゃ》：不明《ふめい》　**成立《せいりつ》**：南北朝《なんぼくちょう》から室町時代《むろまちじだい》の初期《しょき》
内容《ないよう》：曾我十郎《そがじゅうろう》と五郎兄弟《ごろうきょうだい》のあだ討《う》ちをえがく。曾我兄弟《そがきょうだい》の悲劇的運命《ひげきてきうんめい》を戯曲化《ぎきょくか》した「曾我物《そがもの》」が人気《にんき》をよんだ。

『義経記《ぎけいき》』
作者《さくしゃ》：不明《ふめい》　**成立《せいりつ》**：室町時代初期《むろまちじだいしょき》から中期《ちゅうき》ごろ
内容《ないよう》：源義経《みなもとのよしつね》の一生《いっしょう》をえがく。牛若丸《うしわかまる》とよばれた子《こ》ども時《じ》代《だい》から、平氏《へいし》を滅亡《めつぼう》させた戦《いくさ》での活躍《かつやく》、兄《あに》の頼朝《よりとも》と不《ふ》仲《なか》になり亡《な》くなるまで。

用語解説《ようごかいせつ》
＊講釈師《こうしゃくし》……軍記物語《ぐんきものがたり》などを、独特《どくとく》の話術《わじゅつ》で語《かた》ることを仕事《しごと》としている人《ひと》。
＊戯曲《ぎきょく》……歌舞伎《かぶき》や浄瑠璃《じょうるり》など、せりふを主体《しゅたい》に舞台《ぶたい》で演《えん》じられることを目的《もくてき》に書《か》かれた文学作品《ぶんがくさくひん》。

平家物語《へいけものがたり》の世界《せかい》へ

平清盛《たいらのきよもり》が信仰《しんこう》した 嚴島神社《いつくしまじんじゃ》

日本三景《にほんさんけい》の一つ「安芸《あき》の宮島《みやじま》」にある嚴島神社《いつくしまじんじゃ》は、瀬戸内《せとうち》の海《うみ》の中《なか》に建《た》っている。神社《じんじゃ》は、平安時代《へいあんじだい》の終《お》わりごろに平清盛《たいらのきよもり》によって社殿《しゃでん》が整《との》えられ、平家一門《へいけいちもん》の守護神《しゅごしん》として信仰《しんこう》されてきた。『平家物語《へいけものがたり》』巻《まき》三「大塔建立《だいとうこんりゅう》」には、清盛《きよもり》のもとに弘法大師《こうぼうだいし》があらわれ、「嚴島神社《いつくしまじんじゃ》を修復《しゅうふく》すれば最高《さいこう》の権力《けんりょく》を手《て》に入《い》れるだろう」といったというエピソードがある。そのお告《つ》げのとおり、清盛《きよもり》は昇進《しょうしん》し、並《なら》ぶ者《もの》のいない繁栄《はんえい》をすることになる。

神社《じんじゃ》には、一一六四年《ねん》に清盛《きよもり》が奉納《ほうのう》した「法華経《ほけきょう》」二十八巻《かん》などの経《きょう》巻《かん》(平家納経《へいけのうきょう》)が伝《つた》わる。これは、清盛《きよもり》が一門《いちもん》の繁栄《はんえい》を厳島大明神《いつくしまだいみょうじん》に感《かん》謝《しゃ》し、来世《らいせ》での幸《しあわ》せを祈《いの》るためのもの。巻物《まきもの》は金銀《きんぎん》の技法《ぎほう》で美《うつく》しく飾《かざ》られるなど、立派《りっぱ》で豪華《ごうか》なつくりとなっている。

嚴島神社《いつくしまじんじゃ》は日本《にほん》の文化遺産《ぶんかいさん》であり、一九九六年《ねん》には世界遺産《せかいいさん》に登録《とうろく》された。神社《じんじゃ》の舞台《ぶたい》では、今《いま》でも祭典《さいてん》に引《ひ》き続《つづ》き舞楽《ぶがく》が舞《ま》われるなど、当時《とうじ》の雰囲気《ふんいき》を大切《たいせつ》に守《まも》り伝《つた》えている。

嚴島神社　舞楽：蘭陵王

潮《しお》が満《み》ちると、真《ま》っ赤《か》な大鳥居《おおとりい》と社殿《しゃでん》が海上《かいじょう》に浮《う》かんでいるように見《み》える。

用語解説《ようごかいせつ》 ＊日本三景《にほんさんけい》……日本《にほん》を代表《だいひょう》する3つの景色《けしき》のよい場所《ばしょ》。宮城県《みやぎけん》の松島《まつしま》、京都府《きょうとふ》の天橋立《あまのはしだて》、広島県《ひろしまけん》の厳島《いつくしま》(宮島《みやじま》)をさす。

安徳天皇《あんとくてんのう》をしのぶ 先帝祭《せんていさい》

写真提供：一般社団法人山口県観光連盟

先帝祭《せんていさい》の見《み》どころは、上臈《じょうろう》たちのパレードが見《み》られる「上臈道中《じょうろうどうちゅう》」。美《うつく》しい衣装《いしょう》を着飾《きかざ》った五人《にん》の上臈《じょうろう》が女官《にょかん》などをしたがえて、街《まち》の中《なか》を練《ね》り歩《ある》く。そして、赤間《あかま》神宮《じんぐう》への参拝《さんぱい》で、祭《まつり》は最高潮《さいこうちょう》のクライマックスを迎《むか》える。

山口県下関市《やまぐちけんしものせきし》にある赤間神宮《あかまじんぐう》（もとは阿弥陀寺《あみだじ》）で、毎年《まいとし》五月《がつ》二～四日《か》におこなわれる祭《まつり》。赤間神宮《あかまじんぐう》は、源平合戦最後《げんぺいがっせんさいご》の「壇《だん》の浦《うら》の戦《たたか》い」で入水《じゅすい》して亡《な》くなった安徳天《あんとくてん》皇《のう》の霊《れい》を祀《まつ》っている。

平氏滅亡後《へいしめつぼうご》かろうじて生《い》きのびた女官《にょかん》たちは、安徳天皇《あんとくてんのう》のたましいをなぐさめるために、命日《めいにち》に阿弥陀寺《あみだじ》へ行列《ぎょうれつ》を組《く》んでお参《まい》りすることをはじめた。これを「上臈《じょうろう》参拝《さんぱい》」という。この悲《かな》しくて華《はな》やかな行事《ぎょうじ》は、女官《にょかん》たちが亡《な》くなったあとも、遊郭《ゆうかく》で働《はたら》く遊女《ゆうじょ》（上臈《じょうろう》）たちによって続《つづ》けられてきた。

『平家物語《へいけものがたり》』ってどんなお話《はなし》?

琵琶法師《びわほうし》▼52ページの語《かた》りで全国《ぜんこく》に広《ひろ》まった『平家物語《へいけものがたり》』。平安時代末期《へいあんじだいまっき》、全盛《ぜんせい》をほこった平氏《へいし》がどうやって栄《さか》え、滅《ほろ》びたのかが、全《ぜん》十二巻《かん》と最後《さいご》につけられた「灌頂巻《かんじょうのまき》」にえがかれています。一一八五年《ねん》の平氏滅亡後《へいしめつぼうご》、数十年《すうねん》たってからつくられました。

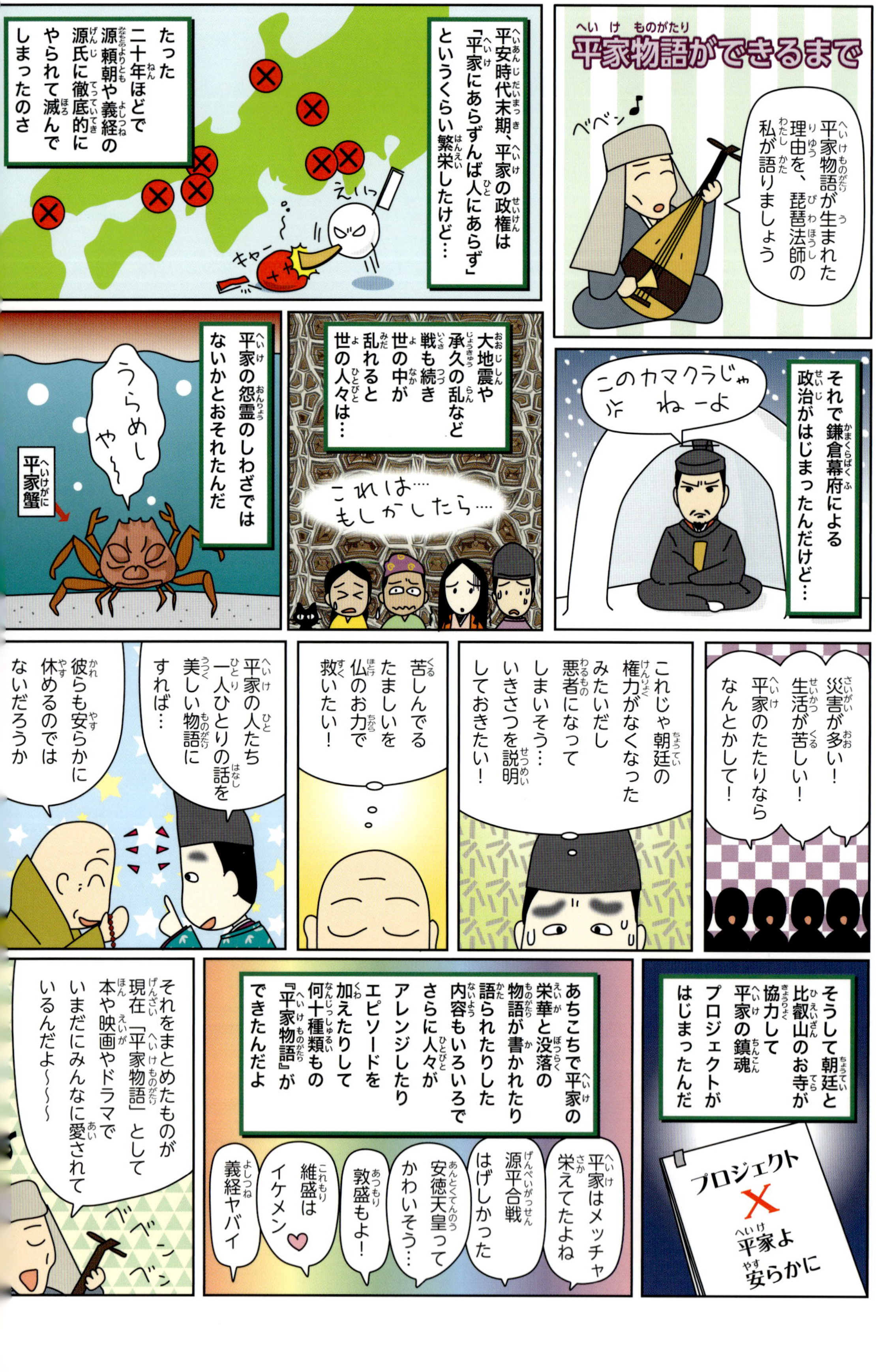

平家物語《へいけものがたり》ができるまで
ベベン♪
平家物語《へいけものがたり》が生《う》まれた理由《りゆう》を、琵琶法師《びわほうし》の私《わたし》が語《かた》りましょう
平安時代末期《へいあんじだいまっき》、平家《へいけ》の政権《せいけん》は「平家《へいけ》にあらずんば人《ひと》にあらず」というくらい繁栄《はんえい》したけど…
たった二十年《ねん》ほどで源頼朝《みなもとのよりとも》や義経《よしつね》の源氏《げんじ》に徹底的《てっていてき》にやられて滅《ほろ》んでしまったのさ
えいっ
キャー
それで鎌倉幕府《かまくらばくふ》による政治《せいじ》がはじまったんだけど…
このカマクラじゃねーよ
大地震《おおじしん》や承久《じょうきゅう》の乱《らん》など戦《いくさ》も続《つづ》き世《よ》の中《なか》が乱《みだ》れると世《よ》の人々《ひとびと》は…
これは…もしかしたら…
平家《へいけ》の怨霊《おんりょう》のしわざではないかとおそれたんだ
うらめしや～
平家蟹《へいけがに》
災害《さいがい》が多《おお》い! 生活《せいかつ》が苦《くる》しい! 平家《へいけ》のたたりならなんとかして!
これじゃ朝廷《ちょうてい》の権力《けんりょく》がなくなったみたいだし悪者《わるもの》になってしまいそう…いきさつを説明《せつめい》しておきたい!
苦《くる》しんでるたましいを仏《ほとけ》のお力《ちから》で救《すく》いたい!
平家《へいけ》の人《ひと》たち一人《ひとり》ひとりの話《はなし》を美《うつく》しい物語《ものがたり》にすれば…
彼《かれ》らも安《やす》らかに休《やす》めるのではないだろうか
そうして朝廷《ちょうてい》と比叡山《ひえいざん》のお寺《てら》が協力《きょうりょく》して平家《へいけ》の鎮魂《ちんこん》プロジェクトがはじまったんだ
プロジェクトX 平家《へいけ》よ安《やす》らかに
あちこちで平家《へいけ》の栄華《えいが》と没落《ぼつらく》の物語《ものがたり》が書《か》かれたり語《かた》られたりした内容《ないよう》もいろいろでさらに人々《ひとびと》がアレンジしたりエピソードを加《くわ》えたりして何十種類《なんじっしゅるい》もの『平家物語《へいけものがたり》』ができたんだよ
平家《へいけ》はメッチャ栄《さか》えてたよね
源平合戦《げんぺいがっせん》はげしかった
安徳天皇《あんとくてんのう》ってかわいそう…
敦盛《あつもり》もよ!
維盛《これもり》はイケメン
義経《よしつね》ヤバイ
それをまとめたものが現在《げんざい》「平家物語《へいけものがたり》」として本《ほん》や映画《えいが》やドラマでいまだにみんなに愛《あい》されているんだよ～～～
ベンベン

どんな人《ひと》が出《で》てくるの？

『平家物語《へいけものがたり》』には、平清盛《たいらのきよもり》を中心《ちゅうしん》にさまざまな登場人物《とうじょうじんぶつ》が出《で》てくる。それぞれの思惑《おもわく》や愛憎《あいぞう》、プライド、野心《やしん》などが複雑《ふくざつ》にからみ合《あ》って、壮大《そうだい》で奥深《おくぶか》い物語《ものがたり》が展開《てんかい》していく。中《なか》でも重要《じゅうよう》なのが、次《つぎ》にあげる十二人《にん》。それぞれの人間関係《にんげんかんけい》を知《し》ってから物語《ものがたり》を読《よ》むと、話《はなし》の流《なが》れが理解《りかい》しやすい。

▼6、7ページ

後白河院《ごしらかわいん》
(1127～1192)

鳥羽院《とばいん》の第《だい》四皇子《おうじ》。初《はじ》め清盛《きよもり》と手《て》を結《むす》ぶが、のちに関係《かんけい》が悪化《あっか》したため、源氏《げんじ》に平氏打倒《へいしだとう》を命《めい》じて、平氏《へいし》を攻撃《こうげき》させた。

源頼朝《みなもとのよりとも》
(1147～1199)

源義朝《みなもとのよしとも》の三男《なん》。平治《へいじ》の乱《らん》で敗《やぶ》れ、伊豆《いず》に流《なが》された。平氏打倒《へいしだとう》のため挙兵《きょへい》し、平氏滅亡後《へいしめつぼうご》は征夷大将軍《せいいたいしょうぐん》となり、鎌倉幕府《かまくらばくふ》を開《ひら》いた。

平重盛《たいらのしげもり》
(1138～1179)

清盛《きよもり》の長男《ちょうなん》。性格《せいかく》は温厚《おんこう》で、後白河院《ごしらかわいん》にも気《き》に入《い》られた。晩年《ばんねん》は、清盛《きよもり》と後白河院《ごしらかわいん》の間《あいだ》に立《た》って苦《くる》しみ、病死《びょうし》。

平忠盛《たいらのただもり》
(1096～1153)

清盛《きよもり》の父《ちち》。白河《しらかわ》・鳥羽院《とばいん》のもとで出世《しゅっせ》し、政治《せいじ》にかかわるようになる。平家一門繁栄《へいけいちもんはんえい》のきっかけをつくった人物《じんぶつ》。

▶64ページ

高倉天皇《たかくらてんのう》
(1161～1181)

後白河院《ごしらかわいん》の第《だい》七皇子《おうじ》で、母《はは》は清盛《きよもり》の正妻《せいさい》(時子《とき こ》)の妹《いもうと》の滋子《しげこ》。天皇《てんのう》ではあるが、実権《じっけん》は清盛《きよもり》や後白河院《ごしらかわいん》ににぎられていた。二十歳《はたち》で病死《びょうし》。

源義経《みなもとのよしつね》
(1159～1189)

源義朝《みなもとのよしとも》の子《こ》で、母《はは》は常盤御前《ときわごぜん》。頼朝《よりとも》の母親《ははおや》ちがいの弟《おとうと》。幼名《ようみょう》は牛若《うしわか》(牛若丸《うしわかまる》)。源平合戦《げんぺいがっせん》で活躍《かつやく》するが、頼朝《よりとも》と不仲《ふなか》となり、最後《さいご》は自死《じし》。

▶66、70ページ

平敦盛《たいらのあつもり》
(1169～1184)

平経盛《たいらのつねもり》の子《こ》で、清盛《きよもり》のおい。笛《ふえ》の名手《めいしゅ》。一《いち》の谷《たに》の戦《たたか》いで源義経《みなもとのよしつね》に敗《やぶ》れた平氏軍《へいしぐん》とともに西《にし》へ逃《に》げるとちゅう、義経軍《よしつねぐん》の武将《ぶしょう》の熊谷直実《くまがいなおざね》に討《う》たれた。▶68ページ

平清盛《たいらのきよもり》
(1118～1181)

忠盛《ただもり》の長男《ちょうなん》だが、実《じつ》は白河院《しらかわいん》の子《こ》だったとも。鳥羽院《とばいん》と後白河院《ごしらかわいん》に仕《つか》え、武士《ぶし》で初《はじ》めて太政大臣《だいじょうだいじん》となる。平家《へいけ》の全盛期《ぜんせいき》をつくった。

▶62ページ

安徳天皇《あんとくてんのう》
(1178～1185)

高倉院《たかくらいん》の第《だい》一皇子《おうじ》で、母《はは》は建礼門院徳子《けんれいもんいんとくこ》。わずか数《かぞ》え年《どし》の三歳《さい》で天皇《てんのう》に即位《そくい》。壇《だん》の浦《うら》の戦《たたか》いで、八歳《さい》で命《いのち》を落《お》とす。▶72ページ

木曽義仲《きそよしなか》
(1154～1184)

源義賢《みなもとのよしかた》の子《こ》で、頼朝《よりとも》のいとこ。平氏《へいし》を倒《たお》すため挙兵《きょへい》し、次々《つぎつぎ》に戦《たたか》いに勝《か》つ。平氏《へいし》を没落《ぼつらく》に導《みちび》くが、義経軍《よしつねぐん》に敗《やぶ》れて、討《う》ち死《じ》にする。

建礼門院徳子《けんれいもんいんとくこ》
(1155～1223？)

清盛《きよもり》の娘《むすめ》で、母《はは》は時子《ときこ》。後白河院《ごしらかわいん》の養女《ようじょ》となり、高倉天皇《たかくらてんのう》と結婚《けっこん》。一門《いちもん》とともに西国《さいごく》に逃《に》げるが、一門滅亡後《いちもんめつぼうご》、生《い》きのびて京都《きょうと》にもどる。

時子《ときこ》(二位尼《にいのあま》)
(1126？～1185)

清盛《きよもり》の正妻《せいさい》。清盛《きよもり》との間《あいだ》に、宗盛《むねもり》、知盛《とももり》、重衡《しげひら》、徳子《とくこ》ら多《おお》くの子《こ》を生《う》んだ。壇《だん》の浦《うら》の戦《たたか》いで、孫《まご》の安徳天皇《あんとくてんのう》を抱《だ》いて海《うみ》に入水《じゅすい》。▶72ページ

『平家物語《へいけものがたり》』にえがかれた合戦地図《かっせんちず》

京《きょう》の都《みやこ》や福原《ふくはら》で大《おお》きな力《ちから》をもっていた平氏《へいし》と、東国《とうごく》で力《ちから》をたくわえていた源氏《げんじ》。合戦《かっせん》の舞台《ぶたい》はだんだんと西《にし》へと移《うつ》っていきます。

『平家物語《へいけものがたり》』にえがかれている合戦《かっせん》の場所《ばしょ》を見《み》てみましょう。

1 石橋山《いしばしやま》の戦《たたか》い

1180年《ねん》8月《がつ》

源《みなもとの》頼朝《よりとも》が伊豆《いず》で挙兵《きょへい》。初《はつ》の合戦《かっせん》にいどむが、大庭景親《おおばかげちか》ら平氏軍《へいしぐん》に敗北《はいぼく》する。頼朝《よりとも》は山中《さんちゅう》に逃《に》げこみ、再戦《さいせん》の機会《きかい》をうかがう。

2 富士川《ふじかわ》の戦《たたか》い

1180年《ねん》10月《がつ》

源頼朝軍《みなもとのよりともぐん》の大軍《たいぐん》が鎌倉《かまくら》から駿河《するが》へ。援軍《えんぐん》が遅《おく》れた平氏軍《へいしぐん》は動揺《どうよう》し、おそれて逃走《とうそう》。

3 倶利伽羅峠《くりからとうげ》の戦《たたか》い

1183年《ねん》5月《がつ》

源氏軍《げんじぐん》の木曽義仲《きそよしなか》は平氏軍《へいしぐん》の油《ゆ》断《だん》をさそい、倶利伽羅峠《くりからとうげ》のがけの上《うえ》から奇襲攻撃《きしゅうこうげき》をし、平氏軍《へいしぐん》を谷底《たにぞこ》に追《お》い落《お》とす。この戦《いくさ》で平氏《へいし》は十万《まん》の兵《へい》を失《うしな》った。

4 篠原《しのはら》の戦《たたか》い

1183年《ねん》5月《がつ》

倶利伽羅峠《くりからとうげ》の戦《たたか》いで敗北《はいぼく》した平氏《へいし》は西《にし》へ。すぐに木曽義仲《きそよしなか》らの源氏軍《げんじぐん》が追《お》い、平氏軍《へいしぐん》に攻撃《こうげき》を仕《し》かける。源氏《げんじ》の圧勝《あっしょう》。

6 宇治川《うじがわ》の戦《たたか》い

1184年《ねん》1月《がつ》

源義経軍《みなもとのよしつねぐん》と木曽義仲軍《きそよしなかぐん》が宇治川《うじがわ》をはさんで戦《たたか》う。義経軍《よしつねぐん》が勝利《しょうり》。

7 粟津《あわづ》の戦《たたか》い

1184年《ねん》1月《がつ》

宇治川《うじがわ》の戦《たたか》いで敗《やぶ》れた木曽義《きそよし》仲《なか》は粟津《あわづ》へ。自害《じがい》の場所《ばしょ》を探《さが》していた矢先《やさき》、顔面《がんめん》を矢《や》で射《い》ぬかれ死亡《しぼう》。

平氏軍《へいしぐん》と源氏軍《げんじぐん》の最後《さいご》の合戦《かっせん》。『平家物語絵巻《へいけものがたりえまき》』には、赤《あか》い旗《はた》が平氏軍《へいしぐん》、白《しろ》い旗《はた》が源氏軍《げんじぐん》としてえがかれている。

作品名：平家物語絵巻より「壇ノ浦」　所蔵先：一般財団法人 林原美術館

源氏軍《げんじぐん》の3000の兵《へい》が、がけを馬《うま》で駆《か》けおりる。有名《ゆうめい》な「鵯越《ひよどりごえ》の坂落《さかおとし》」のシーン。

作品名：平家物語絵巻より「一の谷」
所蔵先：一般財団法人 林原美術館

8
一《いち》の谷《たに》の戦《たたか》い
1184年《ねん》2月《がつ》

源《みなもとの》 義経《よしつね》ら源氏軍《げんじぐん》が平氏軍《へいしぐん》の背後《はいご》からまわりこみ、坂《さか》の上《うえ》から一気《いっき》に襲《おそ》いかかる。驚《おどろ》いた平氏《へいし》は退散《たいさん》し、屋島《しま》へと向《む》かう。▶66～69ページ

5
水島《みずしま》の戦《たたか》い
1183年《ねん》10月《がつ》

敗戦《はいせん》が続《つづ》いていた平《へい》氏《し》がようやく源氏軍《げんじぐん》に勝利《しょうり》。勢力《せいりょく》を回復《かいふく》した平氏軍《へいしぐん》は、再《ふたた》び京《きょう》をめざす。

10
壇《だん》の浦《うら》の戦《たたか》い
1185年《ねん》3月《がつ》

源平合戦最後《げんぺいがっせんさいご》の戦《たたか》い。平氏軍《へいしぐん》が敗《やぶ》れ、滅亡《めつぼう》する。逃《に》げ場《ば》を失《うしな》った平氏軍《へいしぐん》の舟《ふね》では、時子《ときこ》が幼《おさな》い安徳天皇《あんとくてんのう》を抱《だ》きかかえ、海《うみ》へ身《み》を投《な》げた。▶72ページ

源氏軍《げんじぐん》の那須与一《なすのよいち》は平氏軍《へいしぐん》の舟《ふね》に立《た》てられた扇《おうぎ》を、弓矢《ゆみや》でみごとに射《い》ぬく。このときばかりは両軍《りょうぐん》も戦《たたか》いを忘《わす》れて盛《も》り上《あ》がった。

作品名：平家物語絵巻より「屋島」　所蔵先：一般財団法人 林原美術館

9
屋島《やしま》の戦《たたか》い
1185年《ねん》2月《がつ》

源《みなもとの》 義経《よしつね》ら源氏軍《げんじぐん》が海《うみ》をわたり、平氏軍《へいしぐん》を攻撃《こうげき》。平氏《へいし》は海上《かいじょう》を舟《ふね》で逃《に》げる。那須与一《なすのよいち》の扇《おうぎ》の的《まと》のシーンで名高《なだか》い。

▶70ページ

『平家物語《へいけものがたり》』年表《ねんぴょう》

『平家物語《へいけものがたり》』は、平忠盛《たいらのただもり》が朝廷《ちょうてい》への昇殿《しょうでん》を許《ゆる》された一一三一年《ねん》から、平氏滅亡《へいしめつぼう》、平清盛《たいらのきよもり》のひ孫《まご》である妙覚《みょうがく》(六代御前《ろくだいごぜん》)が斬首《ざんしゅ》される一一九九年《ねん》までの、およそ七十年間《ねんかん》がえがかれています。物語《ものがたり》の中《なか》のおもなできごとを年表《ねんぴょう》で見《み》てみましょう。

巻《まき》	年号《ねんごう》・西暦《せいれき》	できごと	あらすじ
一	天承元《てんしょうがん》 一一三一	平忠盛《たいらのただもり》が朝廷《ちょうてい》への昇殿《しょうでん》を許《ゆる》される 忠盛《ただもり》が闇討《やみう》ちで命《いのち》をねらわれる ▼64ページ	平清盛《たいらのきよもり》の父《ちち》である忠盛《ただもり》の公家社会《くげしゃかい》での出世《しゅっせ》。忠盛《ただもり》の死後《しご》は清盛《きよもり》が太政大臣《だいじょうだいじん》にのぼりつめ、平家一門《へいけいちもん》が日本《にほん》の半分以上《はんぶんいじょう》を支配《しはい》するようになる。 仁安《にんあん》三年《ねん》(一一六八)、六条天皇《ろくじょうてんのう》が退位《たいい》し、後白河院《ごしらかわいん》の妃《きさき》で清盛《きよもり》の正妻《せいさい》(時子《ときこ》)の妹《いもうと》の滋子《しげこ》の子《こ》である高倉天皇《たかくらてんのう》が即位《そくい》。これにより清盛《きよもり》の権力《けんりょく》はさらに強《つよ》まり、一族《いちぞく》もやりたい放題《ほうだい》となっていく。やがて、後白河院《ごしらかわいん》たちは平氏《へいし》に対《たい》して不満《ふまん》をいだくようになり、安元《あんげん》三年《ねん》(一一七七)には、後白河派《ごしらかわは》の藤原成親《ふじわらのなりちか》が平氏討伐《へいしとうばつ》の計画《けいかく》を立《た》てる(鹿ケ谷事件《ししがたにじけん》)。
	保元元《ほうげんがん》 一一五六	保元《ほうげん》の乱《らん》	
	平治元《へいじがん》 一一五九	平治《へいじ》の乱《らん》	
	仁安二《にんあん》 一一六七	平清盛《たいらのきよもり》が太政大臣《だいじょうだいじん》となる	
	仁安三《にんあん》 一一六八	清盛《きよもり》が出家《しゅっけ》 高倉天皇《たかくらてんのう》が即位《そくい》	
	承安元《じょうあんがん》 一一七一	高倉天皇《たかくらてんのう》と徳子《とくこ》が結婚《けっこん》	
二	安元三《あんげん》 一一七七	俊寛《しゅんかん》ら、平氏討伐《へいしとうばつ》の計画《けいかく》がばれて島流《しまなが》しになる	成親《なりちか》の平氏討伐《へいしとうばつ》の計画《けいかく》が動《うご》き出《だ》す。しかし、近臣《きんしん》の一人《ひとり》が裏切《うらぎ》り、計画《けいかく》を清盛《きよもり》に密告《みっこく》してしまう。怒《おこ》った清盛《きよもり》は、計画《けいかく》に加《くわ》わった人々《ひとびと》をとらえて処罰《しょばつ》した。成親《なりちか》は流罪《るざい》となり、最後《さいご》には処刑《しょけい》された。清盛《きよもり》は後白河院《ごしらかわいん》も追及《ついきゅう》しようとしたが、まわりの説得《せっとく》で思《おも》いとどまる。
三	治承二《じしょう》 一一七八	徳子《とくこ》が皇子《おうじ》(のちの安徳天皇《あんとくてんのう》)を出産《しゅっさん》	清盛《きよもり》の娘《むすめ》で、高倉天皇《たかくらてんのう》の后《きさき》である徳子《とくこ》が皇子《おうじ》(のちの安徳天皇《あんとくてんのう》)を出産《しゅっさん》。しかし、清盛《きよもり》と朝廷《ちょうてい》が対立《たいりつ》し、後白河院派《ごしらかわいんは》を壊滅《かいめつ》させたうえに、後白河院《ごしらかわいん》を鳥羽《とば》の離宮《りきゅう》に閉《と》じこめた。これにより、清盛《きよもり》の独裁政治《どくさいせいじ》がはじまる。
	治承三《じしょう》 一一七九	平重盛《たいらのしげもり》が死去《しきょ》 清盛《きよもり》が後白河院《ごしらかわいん》を幽閉《ゆうへい》	
四	治承四《じしょう》 一一八〇	安徳天皇《あんとくてんのう》が即位《そくい》 以仁王《もちひとおう》、源頼政《みなもとのよりまさ》が挙兵《きょへい》するが敗死《はいし》	安徳天皇《あんとくてんのう》が即位《そくい》。清盛《きよもり》は天皇《てんのう》の祖父《そふ》として、栄華《えいが》をほしいままにする。一方《いっぽう》、後白河院《ごしらかわいん》の皇子《おうじ》である以仁王《もちひとおう》のもとに、平家《へいけ》に不満《ふまん》をいだく源頼政《みなもとのよりまさ》が訪《おとず》れ、平氏打倒《へいしだとう》をもちかける。以仁王《もちひとおう》は全国《ぜんこく》に平氏打倒《へいしだとう》の令旨《りょうじ》(命令書《めいれいしょ》)を出《だ》す。伊豆《いず》では源頼朝《みなもとのよりとも》が令旨《りょうじ》を受《う》け取《と》った。
		福原《ふくはら》に都《みやこ》を移《うつ》す	

五

源頼朝《みなもとのよりとも》が挙兵《きょへい》、**石橋山《いしばしやま》の戦《たたか》い**で敗《やぶ》れる
平氏軍《へいしぐん》が**富士川《ふじかわ》の戦《たたか》い**で敗《やぶ》れる
京《きょう》に都《みやこ》をもどす
平重衡《たいらのしげひら》が奈良《なら》を焼《や》く

清盛《きよもり》が福原《ふくはら》に遷都《せんと》。その後《ご》、不吉《ふきつ》なことが続《つづ》く。九月《がつ》二日《か》には、伊豆《いず》で頼朝《よりとも》が挙兵《きょへい》したとの知《し》らせがとどいた。

六

治承《じしょう》五　一一八一

木曽義仲《きそよしなか》が挙兵《きょへい》
清盛《きよもり》が死去《しきょ》

木曽《きそ》では木曽義仲《きそよしなか》が挙兵《きょへい》。さらに、河内《かわち》、伊予《いよ》、豊後《ぶんご》でも反乱《はんらん》が起《お》きる。そんな中《なか》、清盛《きよもり》が高熱《こうねつ》を出《だ》し、二月四日《がつかか》に苦《くる》しみながら死去《しきょ》。

七

寿永《じゅえい》二　一一八三

義仲《よしなか》が**倶利伽羅峠《くりからとうげ》の戦《たたか》い**と**篠原《しのはら》の戦《たたか》い**で、平氏軍《へいしぐん》に勝利《しょうり》
平家一門《へいけいちもん》が京《きょう》から逃《に》げる
平氏《へいし》が福原《ふくはら》も捨《す》てて逃《に》げる

倶利伽羅峠《くりからとうげ》の戦《たたか》いで平氏《へいし》は自軍《じぐん》の大半《たいはん》を失《うしな》い、西国《さいごく》へ逃《に》げ、軍《ぐん》を立《た》て直《なお》すことにする。安徳天皇《あんとくてんのう》と平氏《へいし》の一行《いっこう》が京《きょう》を出発《しゅっぱつ》。後白河院《ごしらかわいん》だけは一行《いっこう》に同行《どうこう》せず、直前《ちょくぜん》に脱出《だっしゅつ》した。

八

義仲《よしなか》が京《きょう》に入《はい》る
平氏軍《へいしぐん》が**水島《みずしま》の戦《たたか》い**で勝利《しょうり》
義仲《よしなか》が後白河院《ごしらかわいん》を攻撃《こうげき》

平家一門《へいけいちもん》は、筑前国《ちくぜんのくに》の太宰府《だざいふ》に着《つ》く。しかし、地元《じもと》の武士《ぶし》たちに裏切《うらぎ》られ、海《うみ》へと逃《に》げる。平重盛《たいらのしげもり》の子《こ》(清盛《きよもり》の孫《まご》)の清経《きよつね》は海《うみ》に飛《と》びこんで自死《じし》。

九

寿永《じゅえい》三　一一八四

源義経軍《みなもとのよしつねぐん》が**宇治川《うじがわ》の戦《たたか》い**で義仲軍《よしなかぐん》に勝利《しょうり》
義仲《よしなか》が**粟津《あわづ》の戦《たたか》い**で敗死《はいし》
義経《よしつね》が**一《いち》の谷《たに》の戦《たたか》い**で平氏軍《へいしぐん》に勝利《しょうり》 ▼66〜69ページ
平敦盛《たいらのあつもり》が亡《な》くなる ▼68ページ

平氏《へいし》は勢《いきお》いを取《と》りもどしていた。源義経《みなもとのよしつね》と範頼《のりより》は、平氏討伐《へいしとうばつ》の命《めい》を受《う》けて、西国《さいごく》へ出発《しゅっぱつ》。義経《よしつね》は、平氏軍《へいしぐん》の背後《はいご》(鵯越《ひよどりごえ》)にまわり、平氏軍《へいしぐん》に奇襲《きしゅう》をかける(一《いち》の谷《たに》の戦《たたか》い)。

十

平維盛《たいらのこれもり》が出家後《しゅっけご》に入水《じゅすい》

朝廷《ちょうてい》は、平重衡《たいらのしげひら》を開放《かいほう》するかわりに、平氏《へいし》が持《も》っている三種《さんしゅ》の神器《じんぎ》(天皇《てんのう》の即位《そくい》に必要《ひつよう》な道具《どうぐ》)をわたすよう提案《ていあん》するが、平氏《へいし》が拒否《きょひ》。

十一

元暦《げんりゃく》二　一一八五

義経《よしつね》が**屋島《やしま》の戦《たたか》い**で平氏軍《へいしぐん》に勝利《しょうり》 ▼70ページ
平氏軍《へいしぐん》が**壇《だん》の浦《うら》の戦《たたか》い**で敗《やぶ》れ、平氏滅亡《へいしめつぼう》 ▼72ページ

文治元《ぶんじがん》　一一八五

徳子《とくこ》が大原《おおはら》の寂光院《じゃっこういん》に入《はい》る

義経《よしつね》が平氏討伐《へいしとうばつ》のため都《みやこ》を出発《しゅっぱつ》。嵐《あらし》の中《なか》、摂津《せっつ》の浜《はま》から五艘《そう》だけで船出《ふなで》し、平氏《へいし》がいる屋島《やしま》へ攻《せ》めこんだ。

十二

義経《よしつね》が京都《きょうと》を逃《のが》れる

建久《けんきゅう》二　一一九九

妙覚《みょうがく》(六代御前《ろくだいごぜん》)が斬首《ざんしゅ》される

九月《がつ》、義経《よしつね》と頼朝《よりとも》の関係《かんけい》が悪化《あっか》し、頼朝《よりとも》は義経討伐《よしつねとうばつ》を決意《けつい》。その一方《いっぽう》で、平氏《へいし》の生《い》き残《のこ》りが次々《つぎつぎ》にとらえられていく。維盛《これもり》の子《こ》である妙覚《みょうがく》(六代御前《ろくだいごぜん》)もとらえられる。

灌頂《かんじょう》

文治《ぶんじ》二　一一八六

後白河院《ごしらかわいん》が大原《おおはら》にいる徳子《とくこ》を訪《たず》ねる

建久《けんきゅう》二　一一九一

徳子《とくこ》が死去《しきょ》(一二一三年《ねん》に亡《な》くなったという説《せつ》もある)

壇《だん》の浦《うら》の戦《たたか》いで生《い》き残《のこ》った徳子《とくこ》は都《みやこ》へもどされ、出家《しゅっけ》する。のちに大原《おおはら》の山《やま》奥《おく》にある寂光院《じゃっこういん》に移《うつ》り、息子《むすこ》の安徳天皇《あんとくてんのう》や平家一門《へいけいちもん》のとむらいをする。

※**赤色《あかいろ》**の戦《たたか》いは▶58ページ。実在人物《じつざいじんぶつ》の系図《けいず》と物語《ものがたり》の登場人物《とうじょうじんぶつ》については▶6・7、57ページ

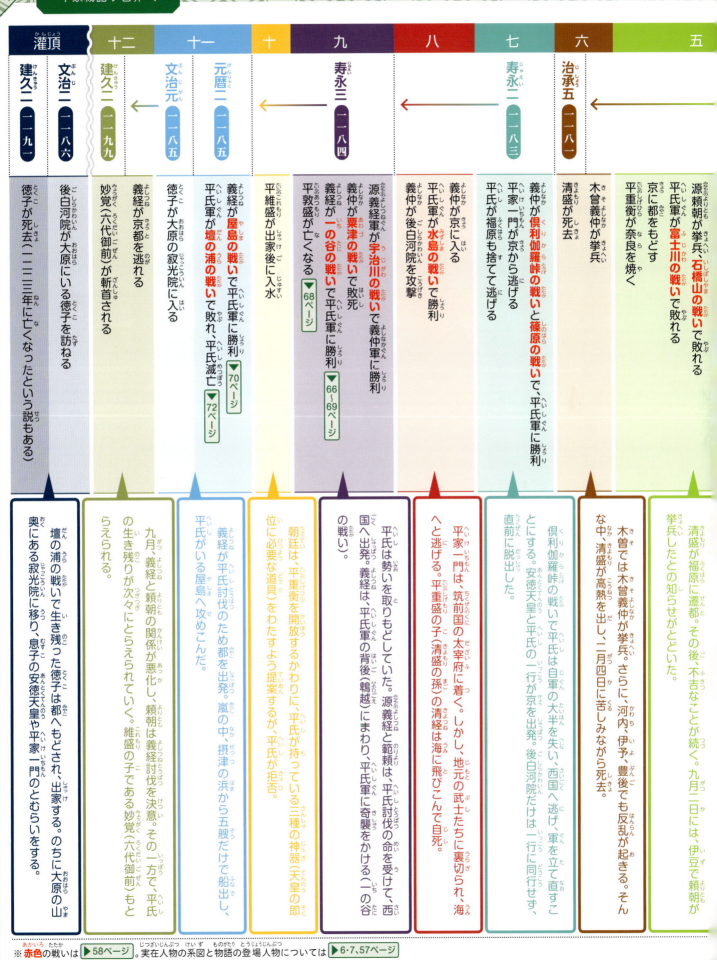

どんなものもいずれは衰《おとろ》える……祇園精舎《ぎおんしょうじゃ》

原文《げんぶん》を読《よ》んでみよう

祇園精舎《ぎおんしょうじゃ》の鐘《かね》の声《こえ》、諸行無常《しょぎょうむじょう》の響《ひびき》あり。娑羅双樹《しゃらそうじゅ》の花《はな》の色《いろ》、盛者必衰《じょうしゃひっすい》の理《ことわり》をあらは《（わ）》す。おごれる人《ひと》も久《ひさ》しからず、唯春《ただはる》の夜《よ》の夢《ゆめ》のごとし。たけき者《もの》も遂《つい》にはほろびぬ、偏《ひとえ》に風《かぜ》の前《まえ》の塵《ちり》に同《おな》じ。遠《とお》く異朝《いちょう》をとぶらへ《（え）》ば、秦《しん》の趙《ちょう》高《こう》、漢《かん》の王莽《おうもう》、梁《りょう》の周伊《しゅうい》、唐《とう》の禄山《ろくざん》、是《これ》等《ら》は皆旧主先皇《みなきゅうしゅせんこう》の政《まつりごと》にもしたがは《（わ）》ず、楽《たの》しみをきは《（わ）》め、諫《いさめ》をも思《おも》ひ《（い）》いれず、天下《てんか》の乱《みだ》れむ《（ん）》事《こと》をさとらずして、民間《みんかん》の愁《うれ》ふ《（う）》る所《ところ》を知《し》らざッしかば、久《ひさ》しからずして、亡《ぼう》じにし者《もの》どもなり。近《ちか》く本朝《ほんちょう》をうかがふ《（う）》に、承平《じょうへい》の将門《まさかど》、天慶《てんぎょう》の純友《すみとも》、康和《こうわ》の義親《ぎしん》、平治《へいじ》の信頼《のぶより》、此等《これら》はおごれる心《こころ》もたけき事《こと》も、皆《みな》とりど

この場面《ばめん》のお話《はなし》

祇園精舎《ぎおんしょうじゃ》の鐘《かね》の音《おと》は、諸行無常《しょぎょうむじょう》の響《ひび》きがする。沙羅双樹《さらそうじゅ》の花《はな》の色《いろ》は、盛者必衰《じょうしゃひっすい》の道理《どうり》をあらわす。えらそうにふるまう人《ひと》の勢《いきお》いも長《なが》くはない、まるで春《はる》の夜《よる》の夢《ゆめ》のようだ。勇《ゆう》猛《もう》な者《もの》もいつか滅《ほろ》ぶ、風《かぜ》の前《まえ》の塵《ちり》と同《おな》じだ。昔《むかし》の異国《いこく》を見《み》てみれば、秦《しん》の趙高《ちょうこう》、漢《かん》の王莽《おうもう》、梁《りょう》の周伊《しゅうい》（朱异《しゅい》）、唐《とう》の安禄山《あんろくざん》がいる。彼《かれ》らは歴史《れきし》に学《まな》ぶことも、人《ひと》の意見《いけん》を聞《き》くこともなく、遊《あそ》びふけって、世《よ》の中《なか》や民衆《みんしゅう》を気《き》にかけることもしなかったから、滅《ほろ》んだのだ。近《ちか》ごろのこの国《くに》に目《め》を向《む》ければ、承平《じょうへい》の平将門《たいらのまさかど》、天慶《てんぎょう》の藤原純友《ふじわらのすみとも》、康和《こうわ》の源義親《みなもとのよしちか》、平治《へいじ》の藤原《ふじわらの》信頼《のぶより》がいる。彼《かれ》らもそれぞれやりたい放題《ほうだい》だったが、滅《ほろ》んでしまった。そして近年《きんねん》では、六波羅《ろくはら》の入道《にゅうどう》・前太政大臣《さきのだいじょうだいじん》平《たいらの》朝臣《あそん》清盛公《きよもりこう》という人《ひと》の横暴《おうぼう》ぶりは、想像《そうぞう》もおよばないほどだ。

マンガで読《よ》む！
祇園精舎《ぎおんしょうじゃ》の鐘《かね》の声《こえ》 諸行無常《しょぎょうむじょう》の響《ひび》きあり
沙羅双樹《さらそうじゅ》の花《はな》の色《いろ》 盛者必衰《じょうしゃひっすい》の理《ことわり》をあらわす…
…つまり、栄《さか》えているものもいつかは滅《ほろ》びるのですよ
風《かぜ》がふけば飛《と》ばされてしまうゴミと同《おな》じようなものです
花《はな》だったのに枯《か》れたらゴミね
古代中国《こだいちゅうごく》にもいました
高《たか》い地位《ちい》を得《え》た家臣《かしん》がおごり高《たか》ぶって
自分勝手《じぶんかって》にぜいたくし放題《ほうだい》 世《よ》の中《なか》が乱《みだ》れても知《し》らん顔《かお》で
もうアカ～ン…
国《くに》を滅《ほろ》ぼした人《ひと》たちが…

りにこそありしかども、まぢかくは六《ろく》波羅《はら》の入道前太政大臣平朝臣清盛公《にゅうどうさきのだいじょうだいじんたいらのあっそんきよもりこう》と申《もう》しし人《ひと》の有様《ありさま》、伝《つた(え)》承《たまわ》るこそ、心《こころ》も詞《ことば》も及《およ》ばれね。

「祇園精舎《ぎおんしょうじゃ》」ってどこ？

インドにある僧院《そういん》（僧《そう》が修行《しゅぎょう》する場所《ばしょ》）で、仏教《ぶっきょう》を開《ひら》いた釈迦《しゃか》が説法《せっぽう》をしたと伝《つた》えられる。正式《せいしき》には祇樹給孤独園《ぎじゅぎっこどくおん》という。

祇園精舎《ぎおんしょうじゃ》には、無常堂《むじょうどう》という建物《たてもの》があり、祇園精舎《ぎおんしょうじゃ》で修行《しゅぎょう》していた僧侶《そうりょ》は死期《しき》が近《ちか》づくと、無常堂《むじょうどう》に移《うつ》された。そして、僧侶《そうりょ》が死《し》ぬと鐘《かね》が鳴《な》った。

「娑羅双樹《しゃらそうじゅ》」ってどんな花《はな》？

娑羅《しゃら》（沙羅《さら》）は、インド原産《げんさん》のフタバガキ科《か》の常緑樹《じょうりょくじゅ》。うすい黄色《きいろ》の小《ちい》さな花《はな》をつける。双樹《そうじゅ》は、二本《ほん》ずつ対《つい》になって生《は》える樹《き》。釈迦《しゃか》が入滅《にゅうめつ》（死去《しきょ》）するとき、沙羅《さら》が枯《か》れて白《しろ》くなったという伝説《でんせつ》がある。

「おごれる人《ひと》」って？

権力《けんりょく》をふりかざして、思《おも》いのままにふるまう人《ひと》のこと。中国《ちゅうごく》では、秦《しん》の趙高《ちょうこう》、漢《かん》の王莽《おうもう》、梁《りょう》の周伊《しゅうい》（朱《しゅ》异《い》）、唐《とう》の安禄山《あんろくざん》が例《れい》にあがっている。彼《かれ》らは民衆《みんしゅう》のことを考《かんが》えない悪臣《あくしん》で、世《よ》の中《なか》の治安《ちあん》を乱《みだ》し、政治《せいじ》を混乱《こんらん》させた。

日本《にほん》では、承平《じょうへい》の平将門《たいらのまさかど》、天慶《てんぎょう》の藤原純友《ふじわらのすみとも》、康和《こうわ》の源義親《みなもとのよしちか》、平治《へいじ》の藤原信頼《ふじわらののぶより》、そして平清盛《たいらのきよもり》。彼《かれ》らは戦《いくさ》に勝《か》ち進《すす》み、一時《いっとき》は、権力《けんりょく》を手《て》に入《い》れたが、あっという間《ま》に討《う》たれて滅《ほろ》んだ。

どうして春《はる》の夜《よ》の夢《ゆめ》にたとえたの？

春《はる》の夜《よる》は日《ひ》に日《ひ》に短《みじか》くなり、どこかうつろなイメージがある。そこから春《はる》の夜《よ》は、はかなく短《みじか》いたとえとして使《つか》われるようになった。

用語解説《ようごかいせつ》

＊諸行無常《しょぎょうむじょう》……物事《ものごと》は常《つね》に移《うつ》りかわっていて、とどまらないということ。　＊盛者必衰《じょうしゃひっすい》……勢《いきお》いのある者《もの》も必《かなら》ず衰《おとろ》え滅《ほろ》ぶこと。

＊皆《みな》とりどりにこそありしかど……みんなそれぞれやりたい放題《ほうだい》やってきたけれども。

わが国にも…
たとえば平将門《たいらのまさかど》とか
ヒャッハー
一時《いっとき》はすごかったけど
え、
結局《けっきょく》…という者《もの》が何人《なんにん》もいたんですよ
ポロッ
最近《さいきん》では、あの栄華《えいが》をほこった
平清盛《たいらのきよもり》の運命《うんめい》とか…
平家《へいけ》にあらずんば人《ひと》にあらず
権力《けんりょく》
想像《そうぞう》できないくらい
琵琶法師《びわほうし》
なんていっていいかわからないくらいすごかったんですよ～
べベン
ベン

平家物語《へいけものがたり》
巻《まき》一

すべては計画《けいかく》どおり!?
殿上闇討《てんじょうのやみうち》

原文《げんぶん》を読《よ》んでみよう

「まづ《（ず）》郎従《ろうじゅう》小庭《こにわ》に祗候《しこう》の由《よし》、全《まった》く覚悟《かくご》仕《つかまつ》らず。但《ただ》し近日《きんじつ》人々《ひとびと》あひ《（い）》たくまるる旨《むね》、子細《しさい》ある歟《か》の間《あいだ》、年来《ねんらい》の家人《けにん》事《こと》をつたへ《（え）》聞《き》くかによって、其恥《そのはじ》をたすけむ《（ん）》が為《ため》に、忠盛《ただもり》に知《し》られずして、偸《ひそ》かに参候《さんこう》の条《じょう》、力及《ちからおよ》ばざる次第《しだい》なり。若《も》しなほ《（お）》其咎《そのとが》あるべくは、彼身《かのみ》を召《め》し進《しん》ずべき歟《か》。次《つぎ》に刀《かたな》の事《こと》、主殿司《とのもづかさ》に預《あず》けおきを《（お）》は《（わ）》ンぬ。是《これ》を召《め》し出《いだ》され、刀《かたな》の実否《じっぷ》について、咎《とが》の左右《そう》あるべき歟《か》。」と申《もう》す。「此儀尤《このぎもっと》もしかるべし」とて、其刀《そのかたな》を召《め》し出《いだ》して叡覧《えいらん》あれば、うへ《（え）》は鞘巻《さやまき》の黒《くろ》くぬりたりけるが、中《なか》は木刀《きがたな》に銀薄《ぎんぱく》をぞおしたりける。「当座《とうざ》の恥辱《ちじょく》をのがれんが為《ため》に、

ここまでのお話《はなし》

鳥羽院《とばいん》に気《き》に入《い》られて出世《しゅっせ》していく平《たいらの》忠盛《ただもり》。貴族《きぞく》たちは忠盛《ただもり》をねたみ、闇討《やみう》ちをくわだてる。だが、事前《じぜん》に情報《じょうほう》を知《し》った忠《ただ》盛《もり》は、家臣《かしん》の家貞《いえさだ》を使《つか》って、うまく闇討《やみう》ちを切《き》りぬけた。それに腹《はら》を立《た》てた貴族《きぞく》たちは、鳥羽院《とばいん》に「忠盛《ただもり》は宮中《きゅうちゅう》のルールをやぶりました。このままでよいのでしょうか」と訴《うった》えた。鳥羽院《とばいん》によばれた忠盛《ただもり》が事情《じじょう》を説明《せつめい》するには……

この場面《ばめん》のお話《はなし》

「まず、庭《にわ》に家臣《かしん》がいたのは、まったく身《み》に覚《おぼ》えがありません。ただ、ここ数日《すうじつ》、人々《ひとびと》がよくないことをたくらんでいるとのうわさがあり、それを聞《き》いた家臣《かしん》が心配《しんぱい》して、私《わたし》が恥《はじ》をかかないように、私《わたし》にないしょで来《き》てしまったのです。それが罪《つみ》になるのでしたら、その家臣《かしん》をここにつれてきましょうか。次《つぎ》に、私《わたし》が刀《かたな》を持《も》って宮中《きゅうちゅう》にあがった件《けん》ですが、刀《かたな》は主殿司《とのもづかさ》に預《あず》けてあります。主殿司《とのもづかさ》をよんで、刀《かたな》が本物《ほんもの》かどうか調《しら》べてください」というと、

軍記物語《ぐんきものがたり》

マンガで読《よ》む！
武士《ぶし》である平忠盛《たいらのただもり》の出世《しゅっせ》にしっとした貴族《きぞく》たちが
あいっナマイキだ
やっちまおうぜっ
ヒソ ヒソ
五節会《ごせちえ》に闇討《やみう》ちを計画《けいかく》
それを知《し》った忠盛《ただもり》は
ギラリ
やべー
ギョッ
節会《せちえ》に太刀《たち》を持《も》ちこみ見《み》せびらかし…
忠盛《ただもり》の家来《けらい》は武装《ぶそう》し近《ちか》くにひかえて警備《けいび》していた
コワイ
じー
闇討《やみう》ちはやめよう
嫌《いや》がらをせしよう
あいつの顔《かお》を

刀《かたな》を帯《たい》する由《よし》あらは《(わ)》すといへ《(え)》ども、後《ご》日《にち》の訴訟《そしょう》を存知《ぞんじ》して、木刀《きがたな》を帯《たい》しける用意《ようい》のほどこそ神妙《しんびょう》なれ。弓箭《きゅうせん》に携《たずさわ》らむ《(ん)》者《もの》のはかりことは、尤《もっと》もかう《(こう)》こそあらまほしけれ。兼《か》ねては又郎従《またろうじゅう》小《こ》庭《にわ》に祇候《しこう》の条《じょう》、且《か》つうは《(わ)》武士《ぶし》の郎等《ろうどう》のならひ《(い)》なり。忠盛《ただもり》が咎《とが》にあらず」とて、還而叡感《かえってえいかん》にあづ《(ず)》かッしうへ《(え)》は、敢《あ》へ《(え)》て罪科《つみとが》の沙汰《さた》もなかりけり。

鳥《と》羽院《ばいん》は「それはもっともだ」といった。鳥《と》羽院《ばいん》が刀《かたな》を調《しら》べると、中身《なかみ》は銀箔《ぎんぱく》をはった木《ぼく》刀《とう》だった。鳥羽院《とばいん》は忠盛《ただもり》を罰《ばっ》するどころか、「恥《はじ》をかかないよう、刀《かたな》を持《も》っているように見《み》せかけ、後日《ごじつ》、訴《うった》えられることを考《かんが》えて木《ぼく》刀《とう》を持《も》っていたのだな。その用意《ようい》のよさは感心《かんしん》する。武士《ぶし》というものはこうあるべきだ。同《おな》じく、家来《けらい》が庭《にわ》にひかえていたのも、武士《ぶし》の家来《けらい》であれば当然《とうぜん》のこと。忠盛《ただもり》に罪《つみ》はない」といってほめた。

どうして刀《かたな》を預《あず》けたの？

武士《ぶし》である忠盛《ただもり》が朝廷《ちょうてい》に昇殿《しょうでん》するのをおもしろく思《おも》わない貴族《きぞく》たちが、忠盛《ただもり》をおとしいれようと、計画《けいかく》していた。しかし、昇殿《しょうでん》の際《さい》に刀《かたな》を持《も》っていくことはできないため、忠盛《ただもり》は木刀《ぼくとう》に銀箔《ぎんぱく》をはって、遠《とお》くからなら本物《ほんもの》に見《み》えるように工夫《くふう》したのだ。

あとからとがめられたときに木刀《ぼくとう》であることを証明《しょうめい》するため、その刀《かたな》を人《ひと》に預《あず》けたのだ。

私《わたし》が昇殿《しょうでん》したときの話《はなし》だよ。どさくさに紛《まぎ》れて私《わたし》のことを闇討《やみう》ちしようとしてたんだ。貴《き》族《ぞく》も乱暴《らんぼう》だろう！

用語解説《ようごかいせつ》

＊祇候《しこう》……つつしんでそばに控《ひか》えること。

＊参候《さんこう》……身分《みぶん》の高《たか》い人《ひと》のところに参上《さんじょう》し、ご機嫌《きげん》をうかがうこと。ここでは、殿上《でんじょう》の小庭《こにわ》にひかえていたこと。

＊叡覧《えいらん》あれば……鳥羽院《とばいん》がご覧《らん》になると。

＊弓箭《きゅうせん》……弓矢《ゆみや》。ここでは、武士《ぶし》のこと。

＊叡感《えいかん》……鳥羽院《とばいん》が感心《かんしん》なされる。

ヘンな顔《かお》～
わはは
ふゆかいだから帰《かえ》る！
太刀《たち》は預《あず》けていくよ
貴族《きぞく》たちは鳥羽院《とばいん》につげ口《ぐち》
忠盛《ただもり》は宮中《きゅうちゅう》に刀《かたな》を持《も》ちこみました！
しかも護衛《ごえい》をつれて！
無礼千万《ぶれいせんばん》です！
…と申《もう》しておるが？
闇討《やみう》ちを知《し》った家来《けらい》が私《わたし》にないしょで護衛《ごえい》をしたのでございます。
そして刀《かたな》とはこれです
忠盛《ただもり》
これ
鳥羽院《とばいん》
ホホホ
銀箔《ぎんぱく》をはった木刀《ぼくとう》か！
無罪《むざい》じゃ！
なんとね

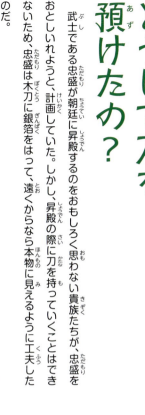

平家物語《へいけものがたり》
巻《まき》九

坂落《さかおとし》

義経《よしつね》が奇襲作戦《きしゅうさくせん》で大活躍《だいかつやく》！（一《いち》の谷《たに》の戦《たたか》い）

軍記物語《ぐんきものがたり》

原文《げんぶん》を読《よ》んでみよう

佐原十郎義連《さはらのじゅうろうよしつら》すすみいでて申《もう》しけるは、「三浦《みうら》の方《かた》で我等《われら》は鳥一《とりひと》ったてても朝夕《あさゆう》か様《よう》の所《ところ》をこそはせありけ。三浦《みうら》の方《かた》の馬場《ばば》や」とて、まッさきかけておとしければ、兵《つわもの》どもみなつづいておとす。ゑ《(え)》いゑ《(え)》い声《こえ》をしのびにして、馬《うま》に力《ちから》をつけておとす。あまりのいぶせさに、目《め》をふさいでぞおとしける。おほ《(お)》かた人《ひと》のしわざとは見《み》えず。ただ鬼神《きじん》の所為《しょい》とぞ見《み》えたりける。おとしもはてねば時《とき》をどッとつくる。三千余騎《さんぜんよき》が声《こえ》なれど、山《やま》びこにこたへ《(え)》て十万余騎《じゅうまんよき》とぞきこえける。村上《むらかみ》の判官代基国《はんがんだいもとくに》が手《て》より火《ひ》をいだし、平家《へいけ》の屋形《やかた》、かり屋《や》をみな焼《や》き払《はら》ふ《(う)》。を《(お)》り

ここまでのお話《はなし》

源氏《げんじ》に追《お》われ、西国《さいごく》へと落《お》ちていく平《へい》氏《し》。西国《さいごく》で力《ちから》をたくわえようとしていたところに源氏《げんじ》の追《お》っ手《て》がやってくる。追《お》っ手《て》としてやってきたのは、源義経《みなもとのよしつね》が率《ひき》いる軍勢《ぐんぜい》。奇襲《きしゅう》をかけるため、平氏《へいし》の裏《うら》手《て》（鵯越《ひよどりごえ》）から攻《せ》めようとするが、そこは馬《うま》でおりるのは無理《むり》ながけになっていた。

この場面《ばめん》のお話《はなし》

そのとき、佐原十郎義連《さはらのじゅうろうよしつら》が進《すす》み出《で》て、「私《わたし》たちは三浦《みうら》でこんな場所《ばしょ》、朝晩《あさばん》、駆《か》けまわっています。三浦《みうら》とかわりません」といって、真《ま》っ先《さき》に駆《か》けていった。それを見《み》た兵士《へいし》たちは義連《よしつら》に続《つづ》き、「えい！　えい！」とひそかに馬《うま》をはげましつつおりる。しかし、あまりにもこわく、目《め》をつぶっていた。本当《ほんとう》に人間《にんげん》わざとは思《おも》えず、鬼神《きしん》のやることのようだ。おりきらないところで、一気《いっき》に三千余騎《ぜんよき》が鬨《とき》の声《こえ》をどっとあげると、その声《こえ》が山《やま》にこだまして、十万余騎《よきき》に聞《き》こえた。村上判官代基国《むらかみはんがんだいもとくに》の部隊《ぶたい》が火《ひ》を放《はな》ち、平氏《へいし》の基地《きち》を焼《や》きはらう。ちょうどそのとき、風《かぜ》ははげしく、黒《くろ》い煙《けむり》が

マンガで読《よ》む！
坂《さか》をおりる鹿《しか》を見《み》た義経《よしつね》は…
…馬《うま》でもおりられるのではないか？
うーむ
ええ～
ムリです～
あきらめて引《ひ》き返《かえ》しましょうよ
源氏《げんじ》
平氏《へいし》
海《うみ》
この佐原十郎義連《さはらのじゅうろうよしつら》がまいります！故郷《こきょう》の三浦《みうら》もこんな感《かん》じで馬《うま》で走《はし》るのは慣《な》れてます
こんな坂《さか》
へっちゃらだい
ものども！
ドドドドドド

ふし風《かぜ》ははげしし、黒煙《くろけぶり》おしかくれば、平氏《へいし》の軍兵《ぐんびょう》ども、あまりにあわてさわいで、若《も》しやたすかると前《まえ》の海《うみ》へぞおほ《(お)》くはせいりける。汀《みぎわ》にはまう《(もう)》け舟《ぶね》いくらもありけれども、われさきに乗《の》らう《(ろう)》ど、舟一艘《ふねいっそう》に物具《もののぐ》したる者《もの》どもが四五百人《しごひゃくにん》、千人《せんにん》ばかりこみ乗《の》らう《(ろう)》に、なじかはよかるべき。

おしせまってくるので、平氏《へいし》の兵《へい》たちは前方《ぜんぽう》の海《うみ》に走《はし》りこむ。助《たす》け船《ぶね》はたくさんあったが、同《おな》じ船《ふね》に重《おも》い鎧兜《よろいかぶと》を着《き》た兵士《へいし》が何百人《なんびゃくにん》、何千《なんぜん》人《にん》とつめかけるので、どうしようもない。

このお話《はなし》の続《つづ》きは……

身分《みぶん》の高《たか》い者《もの》だけ乗《の》せて、船《ふね》は出《で》ようとする。パニックになった兵士《へいし》がよじ登《のぼ》ろうとするのを、上《うえ》から刀《かたな》で追《お》いはらうさまは、まるで地獄絵図《じごくえず》だ。平教経《たいらのりつね》は馬《うま》でその場《ば》を逃《のが》れ、讃岐《さぬき》の屋島《やしま》へとわたっていった。

昔《むかし》の馬《うま》はすごかったの？

昔《むかし》の馬《うま》は今《いま》の競争馬《きょうそうば》とはちがって、もっと体《からだ》の小《ち》さなポニーのような馬《うま》だった。全体《ぜんたい》にどっしりとして、脚《あし》が短《みじか》く太《ふと》かった。走《はし》るスピードも遅《おそ》かった。しかし、重《おも》い鎧兜《よろいかぶと》をつけた武士《ぶし》でも平気《へいき》で背《せ》負《お》って、長《なが》い距離《きょり》を移動《いどう》できた。さらに戦《いくさ》のために訓練《くんれん》されていて、がけでもこわがらずに勢《いきお》いよくくだっていった。

鎌倉武士《かまくらぶし》が戦《いくさ》に強《つよ》かった理由《りゆう》の一つは、良質《りょうしつ》な軍馬《ぐんば》をたくさん飼育《しいく》できたからだといわれている。

どうして無理《むり》やり坂《さか》をおりたの？

この直前《ちょくぜん》の水島《みずしま》の戦《たたか》いで、源氏軍《げんじぐん》は平氏軍《へいしぐん》に負《ま》けている。勝利《しょうり》で勢《いきお》いを取《と》りもどした平氏軍《へいしぐん》は、以前《いぜん》よりも強《つよ》くなっていた。ふつうに戦《たたか》ったのでは源氏《げんじ》軍《ぐん》は負《ま》けてしまう。そこで、義経《よしつね》が策《さく》を練《ね》り、がけの上《うえ》から奇襲《きしゅう》をかけることにした。義経《よしつね》のアイデアのおかげで、源氏軍《げんじぐん》は勝《か》つことができた。

用語解説《ようごかいせつ》

＊あまりのいぶせさに……あまりの恐《おそ》ろしさに。

＊なじかはよかるべき……どうしてうまくゆくはずがあろう。

平家物語《へいけものがたり》
巻《まき》九

敦盛最期《あつもりのさいご》

プライドを守《まも》りぬいた少年《しょうねん》の死《し》（一《いち》の谷《たに》の戦《たたか》い）

軍記物語《ぐんきものがたり》

原文《げんぶん》を読《よ》んでみよう

熊谷《くまがい》、「あッぱれ、大将軍《たいしょうぐん》や。此人《このひと》一人《いちにん》うち奉《たてま》ッたりとも、まくべきいくさに勝《か》つべきやう（よう）もなし。又《また》うち奉《たてまつ》らずとも、勝《か》つべきいくさにまくる事《こと》もよもあらじ。小二郎《こじろう》がうす手負《でお》うたるをだに、直実《なおざね》は心苦《こころぐる》しう（しゅう）こそ思《おも》ふ（う）に、此殿《このとの》の父《ちち》、うたれぬと聞《き》いて、いか計《ばかり》かなげき給《たま》は（わ）んずらん。あは（わ）れたすけ奉《たてまつ》らばや」と思《おも》ひ（い）て、うしろをきッと見《み》けれ ば、土肥《とひ》、梶原《かじはら》五十騎《ごじっき》ばかりでつづいたり。熊谷《くまがい》涙《なみだ》をおさへ（え）て申《もう》しけるは、「たすけ参《まい》らせんとは存《ぞん》じ候《そうら》へ（え）ども、御方《みかた》の軍兵《ぐんびょう》雲霞《うんか》のごとく候《そうろう》。よものがれさせ給《たま》は（わ）じ。人手《ひとで》にかけ参《まい》らせんより、同《おな》じくは直実《なおざね》が

ここまでのお話《はなし》

平氏《へいし》が逃《に》げ、戦《たたか》う相手《あいて》がいなくなった源氏軍《げんじぐん》の熊谷次郎直実《くまがいじろうなおざね》は、「だれか相手《あいて》になる大将軍《だいしょうぐん》はいないか」と探《さが》す。そこに、一人《ひとり》の武士《ぶし》が馬《うま》に乗《の》り、沖《おき》の船《ふね》に向《む》かって駆《か》けるのが見《み》えた。直実《なおざね》が近《ちか》づき、相手《あいて》を組《く》みふせると、わが子《こ》の小二郎《こじろう》と同《おな》じ十六、七歳《さい》の美《うつく》しい少年《しょうねん》だった。直実《なおざね》が名《な》を聞《き》くと、「名《な》のるものか。殺《ころ》せ」という。

この場面《ばめん》のお話《はなし》

その潔《いさぎよ》さに、直実《なおざね》は「みごとな大将軍《だいしょうぐん》だ」と感心《かんしん》し、「この人《ひと》を殺《ころ》しても、戦《いくさ》の結果《けっか》はかわらない。小二郎《こじろう》がけがしただけで、あんなにつらかったのだ。この人《ひと》を殺《ころ》したら、この人《ひと》の父《ちち》はどんなに悲《かな》しむだろう。助《たす》けてあげたい」と思《おも》った。だが、後《うし》ろをふり返《かえ》ると、自《じ》軍《ぐん》のなかまの土肥《とひ》、梶原《かじはら》が五十騎《き》ほどで近《ちか》づいてくる。直実《なおざね》は涙《なみだ》をおさえていった。「あなたをお助《たす》けしたいけれど、見方《みかた》の兵《へい》がおしよせているので逃《に》げられないでしょう。ほかの者《もの》の手《て》にかかるより、私《わたし》が……。あとで

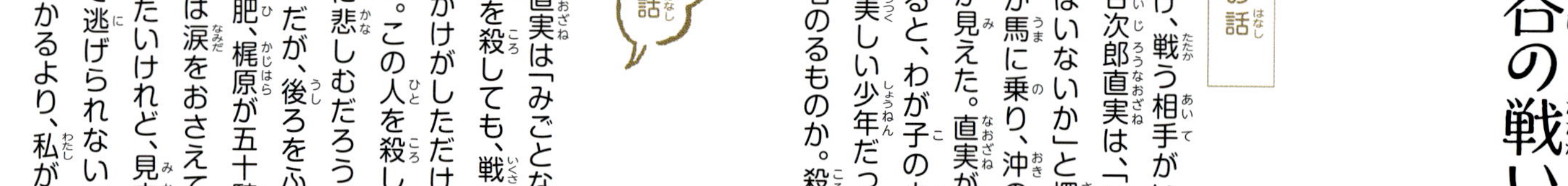

マンガで読《よ》む！
大将《たいしょう》なのに敵《てき》に後《うし》ろを見《み》せるのか？
もどられい！
キラ
キラ
！
ガシッ
なななんと美《うつく》しいお方《かた》だ うちの息子《むすこ》と同《おな》じくらいの年《とし》だろうか…
熊谷次郎直実《くまがいじろうなおざね》と申《もう》しますが
パッ
あなた様《さま》の名《な》はなんとおっしゃる
取《と》った首《くび》を持《も》っていって

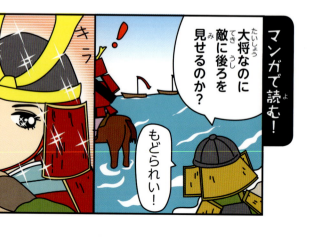

手《て》にかけ参《まい》らせて、後《のち》の御孝養《おんきょうよう》をこそ仕《つかまつ》り候《そうら》は《(わ)》め」と申《もう》しければ、「ただとくとく頸《くび》をとれ」とぞ宣《のたま》ひ《(い)》ける。熊谷《くまがい》あまりにいとほ《(お)》しくて、いづ《(ず)》くに刀《かたな》をたつべしともおぼえず、目《め》もくれ心《こころ》もきえはてて、前後不覚《ぜんごふかく》におぼえけれども、さてしもあるべき事《こと》ならねば、泣《な》く泣《な》く頸《くび》をぞかいてンげる。

ご供養《くよう》いたします」と。少年《しょうねん》は「さっさと首《くび》を取《と》れ」といった。直実《なおざね》は少年《しょうねん》がかわいそうで正気《しょうき》を失《うしな》いそうになりながら、泣《な》く泣《な》く少年《しょうねん》の首《くび》を切《き》った。

このお話《はなし》の続《つづ》きは……

直実《なおざね》がふと見《み》ると、少年《しょうねん》は腰《こし》に笛《ふえ》をさしていた。その笛《ふえ》を源義経《みなもとのよしつね》に見《み》せて報告《ほうこく》すると、まわりにいた者《もの》たちもみんな少年《しょうねん》をあわれに思《おも》って泣《な》いた。その少年《しょうねん》は大夫敦盛《たいふあつもり》といって、十七歳《さい》の若者《わかもの》だった。その笛《ふえ》は彼《かれ》の祖父《そふ》の忠盛《ただもり》が鳥羽院《とばいん》からもらったものだった。その後《ご》、このことが原因《げんいん》で直実《なおざね》は出家《しゅっけ》した。

どうして敦盛《あつもり》とわかったの?

彼《かれ》が持《も》っていた笛《ふえ》を見《み》て、義経《よしつね》は敦盛《あつもり》であることに気《き》づいた。「笛《ふえ》といえば敦盛《あつもり》」というくらい、当時《とうじ》の人《ひと》にとって、敦盛《あつもり》は笛《ふえ》の名手《めいしゅ》として知《し》られた存在《そんざい》だった。敦盛《あつもり》が直実《なおざね》に対《たい》して名《な》を名《な》のらなかったのは、「自分《じぶん》は貴族《きぞく》だ。身分《みぶん》の低《ひく》い武士《ぶし》なんかに名《な》のってたまるか!」という意地《いじ》があったから。

敦盛《あつもり》は、私《わたし》の息子《むすこ》と同《おな》じくらいの年《とし》だったんだ。このあと、私《わたし》は出家《しゅっけ》したよ。法然《ほうねん》の弟子《でし》になったんだ。

用語解説《ようごかいせつ》

＊まくべき……負《ま》けそうな。
＊軍兵雲霞《ぐんぴょううんか》……兵士《へいし》が雲《くも》や霞《かすみ》のように大勢《おおぜい》であること。
＊孝養《きょうよう》……死《し》んだ人《ひと》を供養《くよう》すること。

実に立派だ……
この人一人《ひとり》殺《ころ》しても
勝敗《しょうはい》にかわりはない…
息子《むすこ》がけがをしたとき
すごくつらかったのに
彼《かれ》が死《し》んだら父親《ちちおや》は
どれほど悲《かな》しむだろう……
よし! 助《たす》けよう
あぁ、!
もう味方《みかた》がうじゃうじゃ来《き》ちゃってるし!
逃《に》がすの無理《むり》!
ならばわが手《て》で討《う》ちます!
早《はよ》う討《う》て
お許《ゆる》しください!
あとの供養《くよう》はいたしますゆえに!
ああ~ なんてことだ
気《き》の毒《どく》なことをした
武士《ぶし》なんてもうイヤだ

那須与一《なすのよいち》

船《ふね》の上《うえ》の扇《おうぎ》を射《い》ぬいてみせよ（屋島《やしま》の戦《たたか》い）

軍記物語《ぐんきものがたり》

原文《げんぶん》を読《よ》んでみよう

ころは二月《がつ》十八日《にち》の酉剋《とりのこく》ばかりの事《こと》なるに、をり《(お)》ふし北風《きたかぜ》はげしくて磯《いそ》うつ浪《なみ》もたかかりけり。舟《ふね》はゆりあげゆりすゑ《(え)》ただよへ《(え)》ば、扇《おうぎ》も串《くし》にさだまらずひらめいたり。おきには平家《へいけ》舟《ふね》を一面《いちめん》にならべて見物《けんぶつ》す。陸《くが》には源氏《げんじ》くつばみをならべて是《これ》を見《み》る。いづ《(ず)》れもいづ《(ず)》れも晴《はれ》ならずといふ《(う)》事《こと》ぞなき。与一《よいち》目《め》をふさいで、「南無《なむ》八幡大菩薩《はちまんだいぼさつ》、我国《わがくに》の神明《しんめい》、日光権現《にっこうのごんげん》、宇都宮《うつのみや》、那須《なす》のゆぜん大明神《だいみょうじん》、願《ねが》はく《(わ)》はあの扇《おうぎ》のまンなか射《い》させてたばせ給《たま》へ《(え)》。これを射損《いそん》ずる物《もの》ならば、弓《ゆみ》きり折《お》り自害《じがい》して、人《ひと》に二《ふた》たび面《おもて》をむかふ《(こう)》べからず。いま一度《いちど》本国《ほんごく》へむかへ《(え)》んとお

ここまでのお話《はなし》

その日《ひ》の戦《いくさ》を終《お》え、源義経軍《みなもとのよしつねぐん》が退却《たいきゃく》しようとしたとき、沖《おき》から小舟《こぶね》が一艘《いっそう》やってきて波打《なみう》ち際《ぎわ》から八十メートルほど離《はな》れたところでとまった。舟《ふね》の上《うえ》には、日《ひ》の丸《まる》をえがいた扇《おうぎ》を竿《さお》の先《さき》につけたものがあり、近《ちか》くには若《わか》い女性《じょせい》が立《た》ち、義経《よしつね》に手《て》招《まね》きしている。「この扇《おうぎ》を射《い》てみよ」という合図《あいず》だと理解《りかい》した義経《よしつね》は、弓《ゆみ》の名手《めいしゅ》、那《な》須与一宗高《すのよいちむねたか》をよびつけた。

この場面《ばめん》のお話《はなし》

二月《がつ》十八日《にち》の午後《ごご》六時《じ》ごろは、北風《きたかぜ》が激《はげ》しく、波《なみ》も高《たか》かった。舟《ふね》は大《おお》きくゆれて、竿《さお》先《さき》につけた扇《おうぎ》もひらひらと動《うご》いている。沖《おき》にいる平氏《へいし》も陸《りく》にいる源氏《げんじ》も見物《けんぶつ》していた。与一《よいち》は目《め》を閉《と》じると、「南無八幡大菩薩《なむはちまんだいぼさつ》……」と神々《かみがみ》に祈《いの》った。「どうか、あの扇《おうぎ》の真《ま》ん中《なか》を射《い》させてください。どうか成功《せいこう》しますように」。失敗《しっぱい》したら生《い》きてはいられません。どうか成功《せいこう》しますように」。目を開くと、風が少し弱まり、扇も射やすくなっていた。与一は鏑矢を取って弓の弦にかけ、引きしぼってひゅっと放った。体つ

マンガで読《よ》む！

扇《おうぎ》を打《う》ち落《お》としてみせよといわれて
やーい
できるか？
ムリムリ
あはは
やれっ
義経《よしつね》
挑戦《ちょうせん》する那須与一《なすのよいち》はまだ二十歳《はたち》
もっとうまい人《ひと》のほうがいいと思《おも》いますが…
えっ
ぼくですか？
命令《めいれい》だっ
二月《にがつ》の風《かぜ》は強《つよ》く天気晴朗《てんきせいろう》なれど波高《なみたか》し…
でも…
すごくゆれてる…
南無八幡大菩薩《なむはちまんだいぼさつ》！故郷《こきょう》の神様仏様《かみさまほとけさま》！どうか当《あ》てさせてくださいませ！
もし失敗《しっぱい》したら自殺《じさつ》しますので

ぼしめさば、この矢《や》はづ《(ず)》させ給《たま》ふ《(う)》な」と、心《こころ》のうちに祈念《きねん》して、目《め》を見《み》ひらいたれば、風《かぜ》もすこし吹《ふ》きよわり、扇《おうぎ》も射《い》よげにぞなッたりける。与一《よいち》鏑《かぶら》をとッてつがひ《(い)》、よッぴいてひやう《(ひょう)》どはなつ。小兵《こひょう》といふ《(う)》ぢやう《(じょう)》十二束三《じゅうにそくみつ》伏《ぶせ》、弓《ゆみ》は強《つよ》し、浦《うら》ひびく程長鳴《ほどながなり》して、あやまたず扇《おうぎ》のかなめぎは《(わ)》一寸《いっすん》ばかりおいて、ひィふつとぞ射《い》きッたる。鏑《かぶら》は海《うみ》へ入《い》りければ、扇《おうぎ》は空《そら》へぞあがりける。しばしは虚空《こくう》にひらめきけるが、春風《はるかぜ》に一《ひと》もみ二《ふた》もみもまれて、海《うみ》へさッとぞ散《ち》ッたりける。

鏑《かぶら》矢《や》ってどんな矢《や》？

鏑《かぶら》は、矢《や》の先端《せんたん》につける道具《どうぐ》。野菜《やさい》のかぶらに似《に》た形《かたち》をしている。鏑矢《かぶらや》を飛《と》ばすと、穴《あな》の中《なか》を風《かぜ》が通《とお》りぬけて、ヒューッと音《おと》がする。中《なか》が空洞《くうどう》になっていて、表面《ひょうめん》にいくつか穴《あな》があいている。

用語解説《ようごかいせつ》
＊酉剋《とりのこく》……午後六時《ごごろくじ》ごろ。　＊くつばみ……くつわ。馬具《ばぐ》の一つ。

きが小《ちい》さく、十二束三伏《じゅうにそくみつぶせ》の矢《や》だが、弓《ゆみ》は強《つよ》いものだ。鏑矢《かぶらや》は海辺《うみべ》に響《ひび》きわたるほど長《なが》く音《おと》を鳴《な》らせて飛《と》び、扇《おうぎ》の要《かなめ》の少《すこ》し上《うえ》をひゅっと正確《せいかく》に射《い》ぬいた。鏑矢《かぶらや》は海《うみ》に入《はい》り、扇《おうぎ》は空《そら》へ舞《ま》い上《あ》がり、春風《はるかぜ》にひらめいたあと、海《うみ》にさっと落《お》ちた。

このお話《はなし》の続《つづ》きは……

平氏《へいし》も源氏《げんじ》もみんなが手《て》をたたき、歓声《かんせい》をあげた。船《ふね》の上《うえ》では、感動《かんどう》してうかれた平家《へいけ》の兵士《へいし》が一人《ひとり》、扇《おうぎ》のあった場所《ばしょ》で踊《おど》りはじめた。それを見《み》た義経軍《よしつねぐん》の伊勢《いせの》三郎義盛《さぶろうよしもり》が、与一《よいち》に命《めい》じて、その男《おとこ》を射《い》させてしまった。これがきっかけとなり、休戦《きゅうせん》していた平氏《へいし》と源氏《げんじ》は再《ふたた》び戦《たたか》いだした。

「十二束三伏《じゅうにそくみつぶせ》」って何《なん》のこと？

束《そく》や伏《ふせ》は、矢《や》の長《なが》さをあらわす単位《たんい》。一束《いっそく》は、親指以外《おやゆびいがい》の四本《ほん》指《ゆび》を並《なら》べた幅《はば》、つまり一握《ひとにぎ》り。一伏《ひとふせ》は、指《ゆび》一本分《ぽんぶん》の幅《はば》。四伏《よふせ》で一束《いっそく》になる。

十二束三伏《じゅうにそくみつぶせ》ということは、こぶし十二個分《こぶん》と指《ゆび》三本分《ぼんぶん》の長《なが》さ。さほど大《おお》きくはない矢《や》で、はるか遠《とお》くの的《まと》を射《い》たのがすごい。

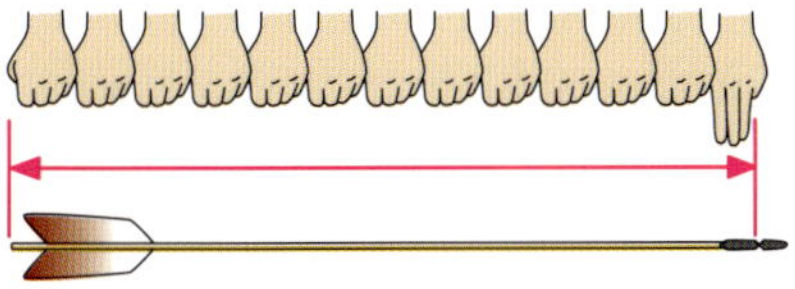

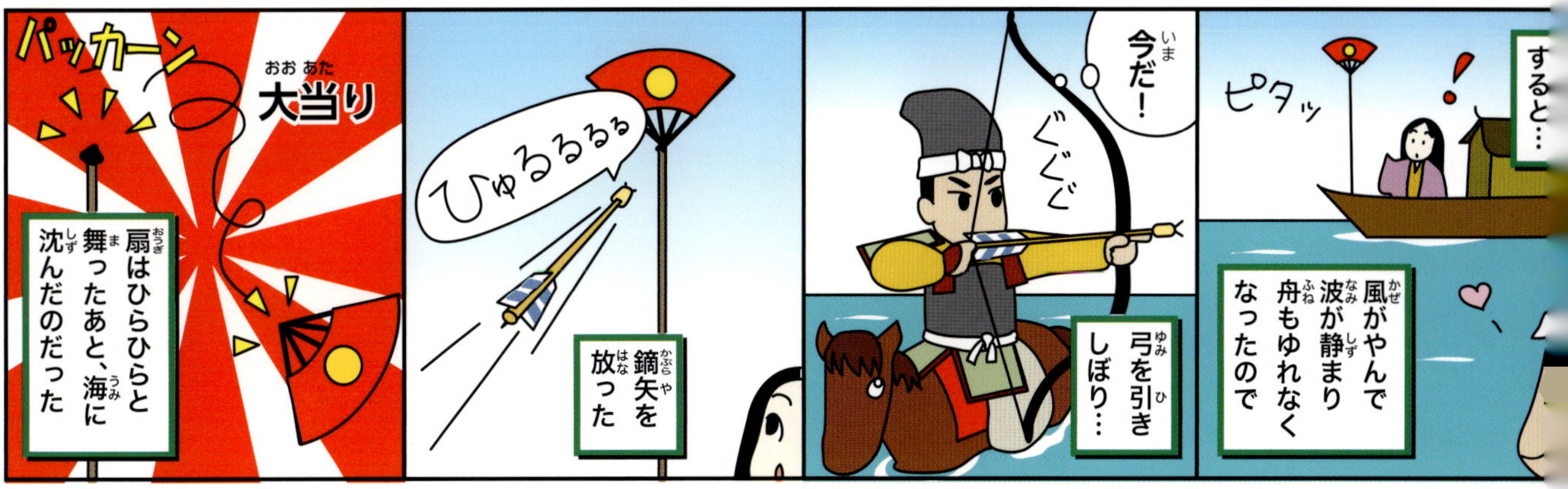

平家物語《へいけものがたり》
巻《まき》十一

先帝身投《せんていみなげ》

祖母《そぼ》とともに幼《おさな》い天皇《てんのう》は海《うみ》へ（壇《だん》の浦《うら》の戦《たたか》い）

軍記物語《ぐんきものがたり》

原文《げんぶん》を読《よ》んでみよう

御《おん》ぐし黒《くろ》うゆらゆらとして、御《おん》せなか過《す》ぎさせ給《たま》へ《(え)》り。あきれたる御様《おんさま》にて、「尼《あま》ぜ、われをばいづ《(ず)》ちへ具《ぐ》してゆかむ《(ん)》とするぞ」と仰《おお》せければ、いとけなき君《きみ》にむかひ《(い)》奉《たてまつ》り、涙《なみだ》をおさへ《(え)》て申《もう》されけるは、「君《きみ》はいまだしろしめされさぶらは《(わ)》ずや。先世《ぜんぜ》の十善戒行《じゅうぜんかいぎょう》の御力《おんちから》によッて、いま万乗《ばんじょう》の主《あるじ》と生《うま》れさせ給《たま》へ《(え)》ども、悪縁《あくえん》にひかれて、御運《おんうん》すでにつきさせ給《たま》ひ《(い)》ぬ。まづ《(ず)》東《ひんがし》にむかは《(わ)》せ給《たま》ひ《(い)》て、伊勢大神宮《いせだいじんぐう》に御暇申《おんいとまもう》させ給《たま》ひ《(い)》、其後西方浄土《そののちさいほうじょうど》の来迎《らいこう》にあづ《(ず)》からむ《(ん)》とおぼしめし、西《にし》にむかは《(わ)》せ給《たま》ひ《(い)》て御念仏《おんねんぶつ》さぶらふ《(う)》べし。この国《くに》は粟散辺地《そくさんへんじ》とて心憂《こころう》きさかひ《(い)》にてさぶ

ここまでのお話《はなし》

源氏《げんじ》の兵士《へいし》が次々《つぎつぎ》に平氏《へいし》の船《ふね》に乗《の》りこんできて、船頭《せんどう》も水夫《すいふ》も殺《ころ》されてしまった。もう逃《に》げられないと悟《さと》った二位殿《にいどの》（平清盛《たいらのきよもり》の妻《つま》）は、「敵《てき》に殺《ころ》されるよりは」と、自分《じぶん》で海《うみ》に飛《と》びこんで死《し》ぬ覚悟《かくご》をする。そして、八歳《さい》になる孫《まご》（安徳天皇《あんとくてんのう》）を腕《うで》に抱《だ》いて、船《ふね》の先《さき》へ出《で》た。

この場面《ばめん》のお話《はなし》

安徳天皇《あんとくてんのう》の黒髪《くろかみ》が美《うつく》しくゆれている。ただならぬ祖母《そぼ》の様子《ようす》に驚《おどろ》いた天皇《てんのう》は、「ぼくをどこへつれていくの」とたずねた。二位殿《にいどの》は涙《なみだ》をこらえて、幼《おさな》い孫《まご》にこういった。「まだ何《なに》もご存知《ぞんじ》ないのですね。前世《ぜんせ》でよいおこないをされたので、あなたは天皇《てんのう》としてお生《う》まれになられたのです。でも、今《いま》はその運《うん》もつきてしまいました。まず東《ひがし》を向《む》いて、伊《い》勢大神宮《せだいじんぐう》にごあいさつしてください。次《つぎ》に西《にし》を向《む》いて、極楽浄土《ごくらくじょうど》に迎《むか》えをお願《ねが》いし、念《ねん》仏《ぶつ》を唱《とな》えてください。この国《くに》はいやなところですよ。極楽浄土《ごくらくじょうど》という幸《しあわ》せなところへ

マンガで読《よ》む!
平知盛《たいらのとももり》
戦《いくさ》はもう負《ま》けだ 東男《あずまおとこ》が来《く》るから みんな覚悟《かくご》して
えっ
ひどいわ
私《わたし》は帝《みかど》に仕《つか》える者《もの》です 敵《てき》の手《て》にはかからないわ
すっく
真心《まごころ》がある者《もの》はあとに続《つづ》きなさい
三種《さんしゅ》の神器《じんぎ》
キリッ
どこへつれていくつもりなの?
安徳天皇《あんとくてんのう》

らへ《（え）》ば、極楽浄土《ごくらくじょうど》とてめでたき処《ところ》へ具《ぐ》し参《まい》らせさぶらふ《（う）》ぞ」と泣《な》く泣《な》く申《もう》させ給《たま》ひ《（い）》ければ、山鳩色《やまばといろ》の御衣《ぎょい》にびんづら結《ゆ》はせ《（わ）》給《たま》ひ《（い）》て、御涙《おんなみだ》におぼれ、ちいさくうつくしき御手《おんて》をあはせ《（わ）》、まづ《（ず）》東《ひんがし》をふしを《（お）》がみ、伊勢大神宮《いせだいじんぐう》に御暇《おんいとま》申《もう》させ給《たま》ひ《（い）》、其後《そののち》西《にし》にむかはせ《（わ）》給《たま》ひ《（い）》て、御《おん》念仏《ねんぶつ》ありしかば、二位殿《にいどの》やがていだき奉《たてまつ》り、「浪《なみ》の下《した》にも都《みやこ》のさぶらふ《（う）》ぞ」となぐさめ奉《たてまつ》ッて、千尋《ちいろ》の底《そこ》へぞ入《い》り給《たま》ふ《（う）》。

まいりますよ」。天皇《てんのう》は山鳩色《やまばといろ》の着物《きもの》を着《き》て髪《かみ》を結《ゆ》い、涙《なみだ》ながらに小《ちい》さくかわいい手《て》を合《あ》わせた。祈《いの》り終《お》えるとすぐに二位殿《にいどの》は天皇《てんのう》を抱《だ》き上《あ》げ、「波《なみ》の底《そこ》にも都《みやこ》がありますよ」となぐさめて、深《ふか》い深《ふか》い海《うみ》の底《そこ》に沈《しず》んでいった。

このお話《はなし》の続《つづ》きは……

春《はる》の風《かぜ》がふき、荒波《あらなみ》が押《お》しよせて、あっという間《ま》に天皇《てんのう》の姿《すがた》は見《み》えなくなった。十歳《さい》にもならない短《みじか》い命《いのち》。以前《いぜん》は宮中《きゅうちゅう》で人々《ひとびと》に囲《かこ》まれ、不自由《ふじゆう》なくくらしていたが、今《いま》はあっけなく波《なみ》の下《した》に消《き》えてしまった。何《なん》とも悲《かな》しいことだ。

先帝《せんてい》の髪型《かみがた》がかわってる？

最初《さいしょ》に登場《とうじょう》したときは、髪《かみ》をおろしたおかっぱ頭《あたま》のようなスタイルだった。これは童《わらわ》がする髪型《かみがた》。身投《みな》げのシーンでえがかれているのは、びんづら。髪《かみ》の毛《け》を左右《さゆう》に分《わ》けてたばねて、耳《みみ》の横《よこ》で結《ゆ》わえてある。

はじめにえがかれている髪《かみ》をおろした形《かたち》は、子《こ》どもの髪型《かみがた》なんだ。
身投《みな》げをするときの髪型《かみがた》はびんづらというよ。これは、貴族《きぞく》が出家《しゅっけ》するときにまずする髪型《かみがた》といわれているよ。

用語解説《ようごかいせつ》

＊先世《ぜんぜ》の十善戒行《じゅうぜんかいぎょう》……前世《ぜんせ》でよいおこないをした。　＊万乗《ばんじょう》の主《あるじ》……天皇《てんのう》、君主《くんしゅ》。ここでは安徳天皇《あんとくてんのう》のこと。

＊粟散辺地《そくさんへんじ》……へんぴな小国《しょうこく》。日本《にほん》のこと。　＊千尋《ちいろ》の底《そこ》……非常《ひじょう》に深《ふか》い海《うみ》の底《そこ》。

帝の運はもうつきました…この世《よ》はいやなところですから極楽浄土《ごくらくじょうど》へまいりましょう
髪《かみ》を結《ゆ》いましょうね
まだ八歳《さい》の安徳天皇《あんとくてんのう》は伊勢《いせ》の神様《かみさま》にごあいさつし…
なむなむ
念仏《ねんぶつ》を唱《とな》え…
海《うみ》の底《そこ》にも
都《みやこ》がございます
そうして千尋《ちひろ》もある深《ふか》い深《ふか》い海《うみ》の底《そこ》に沈《しず》んでいったのです

『平治物語《へいじものがたり》』

後白河院《ごしらかわいん》(1127～1192年《ねん》)に仕《つか》える武士《ぶし》だった平清盛《たいらのきよもり》の留守中《るすちゅう》をねらって、ライバルの藤原信頼《ふじわらののぶより》と源義朝《みなもとのよしとも》が乱《らん》を起《お》こします。武士《ぶし》たちの権力争《けんりょくあらそ》いの裏《うら》では、子《こ》や愛人《あいじん》を巻きこんだ悲劇《ひげき》も起《お》きていました。

一一五九年《ねん》に起《お》こった「平治《へいじ》の乱《らん》」のいきさつを記《しる》した軍記物語《ぐんきものがたり》。物語《ものがたり》が成立《せいりつ》したのは、一二四六年《ねん》よりも前《まえ》といわれており、『平家物語《へいけものがたり》』とたがいに影響《えいきょう》を与《あた》えながらつくりあげられたと考《かんが》えられている。全三巻《ぜんかん》で、作者《さくしゃ》は不明《ふめい》。

物語《ものがたり》の内容《ないよう》は、後白河天皇《ごしらかわてんのう》が譲位《じょうい》した保元《ほうげん》三(一一五八)年《ねん》から、源頼朝《みなもとのよりとも》が死去《しきょ》する建久《けんきゅう》十(一一九九)年《ねん》までの約《やく》四十年間《ねんかん》をえがくが、中心《ちゅうしん》は平治《へいじ》の乱《らん》があった平治元《へいじがん》(一一五九)年《ねん》の三か月間《げつかん》。

平治《へいじ》の乱《らん》は、後白河院《ごしらかわいん》のもとで起《お》こった権力争《けんりょくあらそ》い。藤原信頼《ふじわらののぶより》と信西《しんぜい》(藤原通憲《ふじわらのみちのり》)はともに後白河院《ごしらかわいん》の側近《そっきん》で、ライバルだった。すでに大《おお》きな勢力《せいりょく》をほこっていた平清盛《たいらのきよもり》が、ある日《ひ》、熊野詣《くまのもうで》に出《で》かけた。その留守《るす》をねらって、信頼《のぶより》が挙兵《きょへい》する。信頼《のぶより》の味方《みかた》についた源義朝《みなもとのよしとも》は、以前《いぜん》起《お》こった保元《ほうげん》の乱《らん》のとき、恩賞《おんしょう》をめぐって平氏《へいし》に不満《ふまん》をもっていた。信頼《のぶより》・義朝軍《よしともぐん》は後白河院《ごしらかわいん》を監禁《かんきん》し、信西《しんぜい》も殺害《さつがい》して一時《いちじ》は優勢《ゆうせい》に立《た》つ。しかし、熊野《くまの》から帰《かえ》ってきた清盛《きよもり》によって、制圧《せいあつ》されてしまう。信頼《のぶより》は処刑《しょけい》、義朝《よしとも》も暗殺《あんさつ》された。

武士《ぶし》たちの戦乱《せんらん》をえがくだけでなく、義朝《よしとも》やその子《こ》・悪源太義平《あくげんたよしひら》の悲劇《ひげき》や、義朝《よしとも》の妻《つま》・常盤御前《ときわごぜん》(常葉《ときわ》)の献身《けんしん》ぶりなどが、鮮《あざ》やかにえがかれている。

作品名：平治物語絵詞（模本）　狩野晴川院養信作　所蔵先：東京国立博物館　Image: TNM Image Archives

どんな人《ひと》が出《で》てくるの？

登場人物《とうじょうじんぶつ》の中《なか》で特《とく》におさえておきたい重要人物《じゅうようじんぶつ》は、次《つぎ》の七人《にん》。それぞれの敵《てき》や味方《みかた》の関係《かんけい》、血縁関係《けつえんかんけい》などを整理《せいり》しよう。

常盤御前《ときわごぜん》(常葉《ときわ》)(生没年不明《せいぼつねんふめい》)

義朝《よしとも》の妻《つま》で、今若《いまわか》、乙若《おとわか》、牛若《うしわか》の母《はは》。九条院《くじょういん》の女官《にょかん》として、朝廷《ちょうてい》に出仕《しゅっし》した。平治《へいじ》の乱《らん》後《ご》、幼《おさな》い子《こ》どもたちをつれて逃亡生活《とうぼうせいかつ》をおくる。やがて清盛《きよもり》の愛《あい》を受《う》けて一女《いちじょ》をもうけるが、のちに藤原長成《ふじわらのながなり》の妻《つま》となる。

源義朝《みなもとのよしとも》 (1123～1160)

相模国《さがみのくに》(今《いま》の神奈川県《かながわけん》)を中心《ちゅうしん》に南関東《みなみかんとう》を支配《しはい》する源氏《げんじ》の武士《ぶし》。保元《ほうげん》の乱《らん》で後白河院《ごしらかわいん》のために活躍《かつやく》するが、後白河院《ごしらかわいん》からはあまり評価《ひょうか》されなかったことで、清盛《きよもり》や信西《しんぜい》に不満《ふまん》をもつ。信頼《のぶより》とともに平治《へいじ》の乱《らん》を起《お》こすが、敗北《はいぼく》し、のちに暗殺《あんさつ》される。

平清盛《たいらのきよもり》 (1118～1181)

当時《とうじ》、一番《ばん》の勢力《せいりょく》をほこっていた平氏《へいし》の武士《ぶし》のトップ。後白河院《ごしらかわいん》の一番《ばん》のお気《き》に入《い》りで、どんどん出世《しゅっせ》していく。保元《ほうげん》の乱《らん》では源義朝《みなもとのよしとも》よりも功績《こうせき》を認《みと》められ、正四位播磨守《しょうしいはりまのかみ》に任命《にんめい》される。

源頼朝《みなもとのよりとも》 (1147～1199)

義朝《よしとも》の三男《なん》。母《はは》は藤原季範《ふじわらのすえのり》の娘《むすめ》。平治《へいじ》の乱《らん》で義朝《よしとも》が敗《やぶ》れ、伊豆《いず》へ流《なが》された。伊豆《いず》で以仁王《もちひとおう》の命《めい》を受《う》け、北条時政《ほうじょうときまさ》や北条義時《ほうじょうよしとき》などの坂東武士《ばんどうぶし》と同盟《どうめい》を組《く》んで、平氏打倒《へいしだとう》の兵《へい》をあげた。鎌倉《かまくら》を中心《ちゅうしん》に関東《かんとう》を支配《しはい》し、1192年《ねん》に征夷大将軍《せいいたいしょうぐん》となる。

藤原信頼《ふじわらののぶより》 (1133～1159)

後白河院《ごしらかわいん》の側近《そっきん》の貴族《きぞく》。後白河院《ごしらかわいん》の信頼《しんらい》を得《え》て昇進《しょうしん》する。信西《しんぜい》を除外《じょがい》しようとして、義朝《よしとも》とともに平治《へいじ》の乱《らん》を起《お》こす。しかし、清盛《きよもり》に敗《やぶ》れ、六条河原《ろくじょうかわら》で処刑《しょけい》された。

信西《しんぜい》(藤原通憲《ふじわらのみちのり》)(1106～1159)

後白河院《ごしらかわいん》の側近《そっきん》の僧《そう》。1143年《ねん》、37歳《さい》のとき出家《しゅっけ》して信西《しんぜい》と名《な》のる。保元《ほうげん》の乱《らん》では、敵対勢力《てきたいせいりょく》の崇徳院《すとくいん》をやぶり、後白河院《ごしらかわいん》に勝利《しょうり》をもたらす。平治《へいじ》の乱《らん》では、いち早《はや》く異変《いへん》を感《かん》じて逃《に》げるが、追《お》っ手《て》に見《み》つけられて首《くび》を切《き》られた。

牛若《うしわか》(源義経《みなもとのよしつね》)(1159～1189)

義朝《よしとも》の九男《なん》で、母《はは》は常盤《ときわ》。牛若《うしわか》(牛若丸《うしわかまる》)は幼名《ようめい》。平治《へいじ》の乱後《らんご》、常盤《ときわ》や兄弟《きょうだい》とともに平氏《へいし》の追《お》っ手《て》から逃《に》げるが、捕《と》らえられ、京都《きょうと》の鞍馬寺《くらまでら》に入《はい》ったといわれている。頼朝《よりとも》の挙兵《きょへい》にしたがい、木曽義仲《きそよしなか》を倒《たお》し、一《いち》の谷《たに》の戦《たたか》いで活躍《かつやく》するなど、平氏《へいし》を次々《つぎつぎ》と敗北《はいぼく》させた。

『平治物語絵詞《へいじものがたりえことば》』は平治《へいじ》の乱《らん》を題材《だいざい》にした絵巻《えまき》。「三条殿夜討《さんじょうどのようち》の巻《まき》」の場面《ばめん》がえがかれている。この場面《ばめん》は、藤原信頼《ふじわらののぶより》と源義朝《みなもとのよしとも》の軍兵《ぐんぺい》が後白河院《ごしらかわいん》の御所三条殿《ごしょさんじょうどの》に火《ひ》を放《はな》ち、後白河院《ごしらかわいん》を内裏《だいり》に移《うつ》して閉《と》じこめようとするところ。

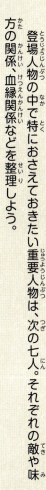

平治物語《へいじものがたり》
巻下《まきげ》

常葉《ときわ》落《お》ちらるる事《こと》

平氏《へいし》に追《お》われ、雪《ゆき》の中《なか》を逃《に》げる母子《ぼし》……

軍記物語《ぐんきものがたり》

ここまでのお話《はなし》

平治《へいじ》の乱《らん》を起《お》こしたものの、平清盛軍《たいらのきよもりぐん》に敗《やぶ》れた源義朝《みなもとのよしとも》。乱後《らんご》は、子《こ》どもらとともに逃《に》げるが、途中《とちゅう》で生《い》き別《わか》れに。知人《ちじん》を頼《たよ》って尾張国《おわりのくに》（今《いま》の愛知県《あいちけん》）へ向《む》かった義《よし》朝《とも》は、そこで暗殺《あんさつ》されてしまう。「間《ま》もなく平家《へいけ》の追《お》っ手《て》が自分《じぶん》たちのもとにも来《く》るにちがいない」と思《おも》った常盤《ときわ》（常葉《ときわ》）は、義朝《よしとも》の死《し》を悲《かな》しむ間《ま》もなく、子《こ》どもたちをつれて雪《ゆき》が降《ふ》る中《なか》へ飛《と》び出《だ》す。

原文《げんぶん》を読《よ》んでみよう

小袖《こそで》を解《と》きて脚《あし》を包《つつ》むとて、常葉《ときわ》、言《い》ひ《(い)》けるは、「いま少《すこ》し行《い》きて、棟門《むなかど》立《た》ちたる所《ところ》あり。これは、敵清盛《かたききよもり》の家《いえ》なり。声《こえ》を出《い》だして泣《な》くならば、捕《と》らは《(わ)》れて、失《うしな》は《(わ)》れんず。命《いのち》惜《お》しくは、泣《な》くべからず」と言《い》ひ《(い)》含《ふく》めて、歩《あゆ》ませける。棟門《むなかど》立《た》ちたる所《ところ》を見《み》て、今若殿《いまわかどの》、「これ候ふ《さうら(う)》か、敵《かたき》の門《もん》は」と問《と》へ《(え)》ば、泣《な》く泣《な》く、「それなり」と打《う》ち頷《うなず》く。「さては、乙若殿《おとわかどの》も泣《な》くべからず。我《われ》も泣《な》くまじき」と言《い》ひ《(い)》ながら、歩《あゆ》みけるに、小袖《こそで》にて脚《あし》は包《つつ》みたれども、氷《こおり》の上《うえ》なれば、程《ほど》なく切《き》れ、過《す》ぎ行《ゆ》く跡《あと》は血《ち》に染《そ》みて、顔《かお》は涙《なみだ》に洗《あら》ひ《(い)》かね、とかう《(こう)》して、伏見《ふしみ》の姨《おば》を尋《たず》ねて入《い》りにけり。

この場面《ばめん》のお話《はなし》

常盤《ときわ》は小袖《こそで》をぬいで、子《こ》どもの足《あし》を包《つつ》みながら、「もう少《すこ》し行《い》くと、義朝《よしとも》の命《いのち》を奪《うば》ったにくい清盛《きよもり》の家《いえ》があるわ。声《こえ》を出《だ》して泣《な》いたら、つかまって殺《ころ》されてしまうから、泣《な》いてはダメよ」と子《こ》どもたちにいい聞《き》かせた。長男《ちょうなん》の今若《いまわか》が「これですか、敵《かたき》の家《いえ》は」と聞《き》くと、常《と》盤《わ》は泣《な》きながら「そうよ」とうなずく。「だから、乙若《おとわか》も泣《な》いてはダメよ。お母《かあ》さんも泣《な》かないから」といって歩《ある》いて行《い》くものの、道《みち》は氷《こおり》のように冷《つめ》たく、小袖《こそで》で包《つつ》んだ足《あし》も切《き》れて

マンガで読《よ》む！

源義朝《みなもとのよしとも》の妻《つま》、常盤《ときわ》は七歳《さい》の今若《いまわか》と五歳《さい》の乙若《おとわか》、赤《あか》ん坊《ぼう》の牛若《うしわか》をつれて逃《に》げていました
この母子《ぼし》をつかまえるよう平清盛《たいらのきよもり》が命令《めいれい》を出《だ》しているのです
しくしく
母上《ははうえ》、寒《さむ》うございます
冷《つめ》とうございます
かわいそうに…
はだしではつらいわよね
せめて足《あし》に着物《きもの》を巻《ま》いてあげましょう

小袖《こそで》ってどんなもの？

袖《そで》の小《ちい》さい着物《きもの》。袿《うちき》という広《ひろ》い袖《そで》の着物《きもの》を上着《うわぎ》にして、小袖《こそで》を下着《したぎ》として着《き》る。小袖《こそで》だけをふだん着《ぎ》として着《き》ることもある。

常盤《ときわ》は何枚《なんまい》か重《かさ》ね着《ぎ》していた小袖《こそで》をぬいで、子《こ》どもたちのはだしの足《あし》に巻《ま》きつけて、寒《さむ》さから足《あし》を守《まも》ろうとしている。

逃《に》げているのはだれ？

平治《へいじ》の乱《らん》を起《お》こし、敗北《はいぼく》した源義朝《みなもとのよしとも》の妻《つま》である常盤《ときわ》とその子《こ》どもたち三人《にん》。長男《ちょうなん》の今若《いまわか》と、次男《じなん》の乙若《おとわか》はどうにか自分《じぶん》で歩《ある》けるが、三男《さんなん》の牛若《うしわか》はまだ自力《じりき》で歩《ある》けないので、常盤《ときわ》が抱《だ》っこしている。

今若《いまわか》や乙若《おとわか》も歩《ある》けるとはいえ、まだ幼《おさな》い。寒《さむ》さと疲《つか》れでクタクタになっている。常盤《ときわ》は自分《じぶん》の着物《きもの》をぬいで子《こ》どもたちに着《き》せてやり、自分《じぶん》は雪風《ゆきかぜ》の強《つよ》いほうに立《た》って、子《こ》どもたちを守《まも》りながら歩《ある》いている。

しまう。通《とお》ってきた道《みち》は血《ち》で染《そ》まり、顔《かお》は涙《なみだ》にぬれていた。そうしているうちに、なんとか伏見《ふしみ》(今《いま》の京都府《きょうとふ》)のおばの家《いえ》にたどり着《つ》いた。

このお話《はなし》の続《つづ》きは……

常盤《ときわ》らとかかわりたくないおばは、居留守《いるす》を使《つか》う。常盤《ときわ》は子《こ》らと身《み》をよせ合《あ》って日暮《ひぐ》れまで待《ま》つが、あきらめて再《ふたた》び歩《ある》き出《だ》す。小《ちい》さな子《こ》どもをつれて、夜《よる》も昼《ひる》もなく歩《ある》き続《つづ》ける常盤《ときわ》。ときおり、親切《しんせつ》な人《ひと》の家《いえ》で休《やす》ませてもらいながら、大和国《やまとのくに》(今《いま》の奈良県《ならけん》)の宇陀《うだ》をめざす。

常盤《ときわ》が一人《ひとり》でとてもたいへんそう！

母一人《ははひとり》で息子《むすこ》三人《にん》をつれて歩《ある》くたいへんさがよく書《か》かれている。兄《あに》である今若《いまわか》の質問《しつもん》「ここですか、敵《かたき》の家《いえ》は？」というのを受《う》けて、「だから、乙《おと》若《わか》も泣《な》いてはダメよ」と次男《じなん》にいいふくめるように答《こた》えるところは、どの時代《じだい》の母親《ははおや》にも共感《きょうかん》されてきた。

見《み》つかったら
殺《ころ》されるのです
…母上《ははうえ》、これが敵《かたき》、
清盛《きよもり》の家《いえ》の門《もん》ですか
そうよ
さぁ、もう
泣《な》かないで
がんばって
歩《ある》きましょう
母《はは》も
泣《な》きません
そうして母子《ぼし》たちは雪《ゆき》の上《うえ》に
点々《てんてん》と血《ち》の足跡《あしあと》を残《のこ》して
去《さ》っていったのでした

用語解説《ようごかいせつ》

＊棟門《むなかど》……二本《ほん》の柱《はしら》とその上《うえ》に置《お》かれた木《き》で屋根《やね》を支《ささ》える門《もん》。公家《くげ》や武家《ぶけ》の門《もん》として用《もち》いられた。

＊失《うしな》われんず……殺《ころ》されてしまうだろう。

人物《じんぶつ》で探《さぐ》る！ 日本《にほん》の古典文学《こてんぶんがく》 兼好法師《けんこうほうし》と平清盛《たいらのきよもり》

あ
閼伽棚《あかだな》……28・29・43
赤本《あかほん》／黒本《くろほん》／青本《あおほん》……17
芥川龍之介《あくたがわりゅうのすけ》……49
足利尊氏《あしかがたかうじ》……4・9・19
粟津《あわづ》の戦《たたか》い……58・61
安徳天皇《あんとくてんのう》……6・7・19・55・56・57・59・60・61・72・73
石橋山《いしばしやま》の戦《たたか》い……58・61
一《いち》の谷《たに》の戦《たたか》い……8・59・61・66〜69
厳島神社《いつくしまじんじゃ》……18・19・54
一遍《いっぺん》／『一遍聖絵《いっぺんひじりえ》』……15
『今鏡《いまかがみ》』……16
今若《いまわか》……7・75・76・77
石清水八幡宮《いわしみずはちまんぐう》……25・30・31
隠者《いんじゃ》／隠者文学《いんじゃぶんがく》……43
浮世草子《うきよぞうし》……17
『浮世風呂《うきよぶろ》』……17
『雨月物語《うげつものがたり》』……17
宇治川《うじがわ》の戦《たたか》い……58・61
『宇治拾遺物語《うじしゅういものがたり》』……16・18・44〜47
『宇治拾遺物語絵巻《うじしゅういものがたりえまき》』……44・45
牛若《うしわか》／牛若丸《うしわかまる》(源義経《みなもとのよしつね》)……7・52・57・75・76・77
歌物語《うたものがたり》……16
運慶《うんけい》／快慶《かいけい》……13
栄西《えいさい》……15

応仁《おうにん》の乱《らん》……9・19
『大鏡《おおかがみ》』……16
大鎧《おおよろい》……10
『奥《おく》の細道《ほそみち》』……17
乙若《おとわか》……7・75・76・77
『男衾三郎絵詞《おぶすまさぶろうえことば》』……13
『おらが春《はる》』……17
か
『春日権現験記《かすがごんげんけんき》』……14
『可笑記《かしょうき》』……17
仮名草子《かなぞうし》……17
鏑矢《かぶらや》……11・71
鎌倉幕府《かまくらばくふ》……4・7・8・9・19・56・57
鴨長明《かものちょうめい》……4・18・40・41・45
祇園精舎《ぎおんしょうじゃ》……63
戯曲《ぎきょく》……52
『義経記《ぎけいき》』……17・52
擬古物語《ぎこものがたり》……16
木曾義仲《きそよしなか》……7・19・57・58・61
黄表紙《きびょうし》……17
『玉葉和歌集《ぎょくようわかしゅう》』……17・19
『金葉和歌集《きんようわかしゅう》』……16
『愚管抄《ぐかんしょう》』……8・18
草双紙《くさぞうし》……17
熊谷《くまがい》(次郎《じろう》)直実《なおざね》……57・68・69
倶利伽羅峠《くりからとうげ》の戦《たたか》い……8・58・61
軍記物語《ぐんきものがたり》……16・52・74
蹴鞠《けまり》……39

兼好法師《けんこうほうし》(卜部兼好《うらべかねよし》)……4・18・19・24・25・27・29・37・39・41
源氏《げんじ》……5・6・7・8・20・52・58・59・66・67・68・71・72・75
『源氏物語《げんじものがたり》』……16
源平合戦《げんぺいがっせん》……8・20・55・56・57・59
合巻《ごうかん》……17
『好色一代男《こうしょくいちだいおとこ》』……17
『古今和歌集《こきんわかしゅう》』……16
極楽浄土《ごくらくじょうど》……15・72・73
『古今著聞集《ここんちょもんじゅう》』……17・18・45
『後拾遺和歌集《ごしゅういわかしゅう》』……16
後白河天皇《ごしらかわてんのう》／後白河院《ごしらかわいん》……7・8・19・20・57・60・61・74・75
『後撰和歌集《ごせんわかしゅう》』……16
小袖《こそで》……12・14・76・77
滑稽本《こっけいぼん》……17
後鳥羽天皇《ごとばてんのう》／後鳥羽院《ごとばいん》……7・8
『古本説話集《こほんせつわしゅう》』……16・45
金剛力士像《こんごうりきしぞう》……13
『今昔物語集《こんじゃくものがたりしゅう》』……16・18・44・45・48〜51
さ
三種《さんしゅ》の神器《じんぎ》……61・72
『三宝絵詞《さんぽうえことば》』……16・45・48
慈円《じえん》……8・18
『詞花和歌集《しかわかしゅう》』……16
滋子《しげこ》……6・18・57・60
鹿ケ谷事件《しがたにじけん》……19・60

静御前《しずかごぜん》……20
『十訓抄《じっきんしょう》』……17・18・45
蔀《しとみ》……35
篠原《しのはら》の戦《たたか》い……58・61
下鴨神社《しもがもじんじゃ》……39・40
『沙石集《しゃせきしゅう》』……17・19
寂光院《じゃっこういん》……61
娑羅双樹《しゃらそうじゅ》(沙羅双樹《さらそうじゅ》)……62・63
洒落本《しゃれぼん》……17
『拾遺和歌集《しゅういわかしゅう》』……16
『春色梅児誉美《しゅんしょくうめごよみ》』……17
承久《じょうきゅう》の乱《らん》……8・18・56
『少将滋幹《しょうしょうしげもと》の母《はは》』……49
『将門記《しょうもんき》』……16・52
『続古今和歌集《しょくこきんわかしゅう》』……16
『続後拾遺和歌集《しょくごしゅういわかしゅう》』……17・19
『続後撰和歌集《しょくごせんわかしゅう》』……16
『続拾遺和歌集《しょくしゅういわかしゅう》』……16
『続千載和歌集《しょくせんざいわかしゅう》』……17・19
白河天皇《しらかわてんのう》／白河院《しらかわいん》……5・7・57
『新古今和歌集《しんこきんわかしゅう》』……16・18
『新後拾遺和歌集《しんごしゅういわかしゅう》』……17・19
『新後撰和歌集《しんごせんわかしゅう》』……16・19
『新拾遺和歌集《しんしゅういわかしゅう》』……17・19
『新続古今和歌集《しんしょくこきんわかしゅう》』……17・19
信西《しんぜい》(藤原通憲《ふじわらのみちのり》)……8・74・75
『新千載和歌集《しんせんざいわかしゅう》』……17・19
『新勅撰和歌集《しんちょくせんわかしゅう》』……16

※文学作品《ぶんがくさくひん》で、特《とく》にくわしく紹介《しょうかい》しているページには色《いろ》をつけてあります

新仏教《しんぶっきょう》……15・52
親鸞《しんらん》……15
随筆文学《ずいひつぶんがく》……16
崇徳天皇《すとくてんのう》／崇徳院《すとくいん》……7・8
『住吉物語《すみよしものがたり》』……16
征夷大将軍《せいいたいしょうぐん》……7・19・20・57
清少納言《せいしょうなごん》……4・27・41
『醒睡笑《せいすいしょう》』……17
『世間胸算用《せけんむねさんよう》』……17
世俗説話《せぞくせつわ》……16・44・48・49
説話文学《せつわぶんがく》／説話集《せつわしゅう》……16・44・45・48
『千載和歌集《せんざいわかしゅう》』……16
先帝祭《せんていさい》……55
『曽我物語《そがものがたり》』……17・52

た

『太平記《たいへいき》』……17・52
平敦盛《たいらのあつもり》……6・56・57・61・68・69
平清盛《たいらのきよもり》……4・5・6・18・19・52・54・57・60・61・62・63・72・74・75・76
平維盛《たいらのこれもり》……6・19・56・61
平重衡《たいらのしげひら》……6・19・57・61
平重盛《たいらのしげもり》……6・19・57・61
平忠盛《たいらのただもり》……5・6・18・57・60・64・65・69
平経盛《たいらのつねもり》……6・57
平知盛《たいらのとももり》……6・57・72
平教経《たいらののりつね》……6・67
平将門《たいらのまさかど》……52・62・63
平宗盛《たいらのむねもり》……6・57
高倉天皇《たかくらてんのう》／高倉院《たかくらいん》……6・7・18・19・57・60
太政大臣《だいじょうだいじん》……5・6・19・57・60
谷崎潤一郎《たにざきじゅんいちろう》……49
壇の浦の戦い《だんのうらのたたかい》……7・9・19・55・57・59・61・72
勅撰和歌集《ちょくせんわかしゅう》……4
『痛言総籬《つうげんそうまがき》』……17
作り物語《つくりものがたり》……16
辻説法《つじせっぽう》……15・52
『堤中納言物語《つつみちゅうなごんものがたり》』……16
『徒然草《つれづれぐさ》』……4・17・19・21～39・41
『徒然草画帖《つれづれぐさがじょう》』……22・23
伝奇物語《でんきものがたり》……16
『東海道中膝栗毛《とうかいどうちゅうひざくりげ》』……17
道元《どうげん》……15
時子《ときこ》(二位尼《にいのあま》／仁位殿《にいどの》)……6・57・59・60・72・73
常盤御前《ときわごぜん》／常盤《ときわ》(常葉《ときわ》)……57・74・75・76・77
徳子《とくこ》／建礼門院徳子《けんれいもんいんとくこ》……6・19・57・60・61
『土佐日記《とさにっき》』……16
鳥羽天皇《とばてんのう》／鳥羽院《とばいん》……5・7・52・57・64・69

な

那須与一《なすのよいち》／那須与一宗高《なすのよいちむねたか》……59・70・71
『南総里見八犬伝《なんそうさとみはっけんでん》』……17
二条為世《にじょうためよ》……19・24
日蓮《にちれん》……15
日記《にっき》・紀行文《きこうぶん》……16
日本三景《にほんさんけい》……54
日本三大随筆《にほんさんだいずいひつ》……4・41
『日本霊異記《にほんりょういき》』……16・45・48
人情本《にんじょうぼん》……17
仁和寺《にんなじ》……25・30・31・32
猫また《ねこ》……36・37

は

俳諧《はいかい》・俳文《はいぶん》……17
『鼻《はな》』……49
比叡山《ひえいざん》／延暦寺《えんりゃくじ》……47
『百鬼夜行絵巻《ひゃっきやこうえまき》』……48・49
鵯越《ひよどりごえ》……59・61・66
琵琶法師《びわほうし》……52・56・63
『風雅和歌集《ふうがわかしゅう》』……17・19
武士《ぶし》……4・5・6・7・8・10・11・12・13・15・41・48・65・67・74・75
富士川の戦い《ふじがわのたたかい》……19・58・61
藤原定家《ふじわらのさだいえ》……24・37
藤原純友《ふじわらのすみとも》……62・63
藤原信頼《ふじわらののぶより》……8・62・63・74・75
仏教説話《ぶっきょうせつわ》……16・44・45・48・49
平家納経《へいけのうきょう》……18・54
『平家物語《へいけものがたり》』……4・17・18・52・53～73
『平家物語絵巻《へいけものがたりえまき》』……59
平氏《へいし》／平家《へいけ》……5・6・8・9・19・20・52・54・55・56・57・60・61・63・66・67・68・71・72・75
平治の乱《へいじのらん》……8・18・52・60・74・75・76
『平治物語《へいじものがたり》』……5・17・18・52・74～77
『平治物語絵詞《へいじものがたりえことば》』……74・75
保元の乱《ほうげんのらん》……5・8・18・52・60・75
『保元物語《ほうげんものがたり》』……5・17・18・52
『方丈記《ほうじょうき》』……4・16・18・40～43
法然《ほうねん》……15・69
『発心集《ほっしんしゅう》』……16・18・45

ま

『枕草子《まくらのそうし》』……4・16・27・41
『増鏡《ますかがみ》』……17
『松浦宮物語《まつらのみやものがたり》』……16
『水鏡《みずかがみ》』……16
水島の戦い《みずしまのたたかい》……59・61・67
源義家《みなもとのよしいえ》……7
源義賢《みなもとのよしかた》……7・57
源義親《みなもとのよしちか》……7・62・63
源義経《みなもとのよしつね》／牛若《うしわか》／牛若丸《うしわかまる》……7・8・9・20・52・56・57・58・59・61・66・67・69・70・71・75・76・77
源義朝《みなもとのよしとも》……7・8・52・57・74・75・76・77
源義平《みなもとのよしひら》(悪源太《あくげんた》)……7・74
源頼朝《みなもとのよりとも》……7・18・19・20・52・56・57・58・60・61・75
源頼政《みなもとのよりまさ》……19・60
妙覚《みょうがく》(六代御前《ろくだいごぜん》)……6・60・61
無常《むじょう》／無常観《むじょうかん》……40・41・43
『明月記《めいげつき》』……16・37
以仁王《もちひとおう》……7・8・19・60

や／ら／わ

屋島の戦い《やしまのたたかい》……9・59・61
遣戸《やりど》……35
四足門《よつあしもん》……12
読本《よみほん》……17
『夜半の寝覚《よわのねざめ》』……16
『羅生門《らしょうもん》』……49
歴史書《れきししょ》／歴史物語《れきしものがたり》……16
連歌《れんが》……17
和歌四天王《わかしてんのう》……4・24
和歌集《わかしゅう》……16

監修	東京女子大学 現代教養学部 人文学科教授　中野貴文
企画・制作	やじろべー ナイスク　http://naisg.com 松尾里央　高作真紀　岡田かおり　鈴木英里子　谷口蒼　安藤久美香
制作協力	松本理恵子
デザイン・DTP	ヨダトモコ　佐々木志帆
イラスト	杉本千恵美　百舌まめも
写真・資料提供	中西立太／東京国立博物館／東大寺／公益財団法人美術院／国立国会図書館／清浄光寺（遊行寺）／仁和寺／PIXTA／石清水八幡宮／下鴨神社／公益財団法人出光美術館／比叡山延暦寺／京都市歴史資料館／厳島神社／一般社団法人山口県観光連盟／一般財団法人林原美術館
参考資料／参考文献	一冊でわかるイラストでわかる　図解日本史１００人（成美堂出版）／２１世紀版　少年少女古典文学部　第十巻　徒然草・方丈記（講談社）／２１世紀少年少女古典文学部　第十一巻・第十二巻　平家物語上・下（講談社）／絵でわかる社会科事典　⑵歴史人物（学研教育出版）／歴史の流れがわかる　時代別　新・日本の歴史④　鎌倉時代（学研教育出版）／絵で見てわかる　はじめての古典　④徒然草（学研教育出版）／学習まんが　日本の歴史６　鎌倉時代の成立（集英社）／学習漫画　日本の歴史　できごと事典（集英社）／教科書にでる　人物学習事典　増補新版　第４巻（学習研究社）／教科書にでる　人物学習事典　増補新版　第８巻（学習研究社）／兼好法師（中央公論新社）／源平ものしり人物事典　「義経」と１０６人のビジュアル・エピソード（文芸社）／調べて学ぶ　日本の衣食住　日本人は何を着てきたか（大日本図書）／調べる学習　日本の歴史２　武士の成長と戦国時代（国土社）／新版　徒然草　現代語訳付き（KADOKAWA）／新編古典文学全集３８　今昔物語集④（小学館）／新編古典文学全集４１　将門記　陸奥話記　保元物語　平治物語（小学館）／新編古典文学全集４４　方丈記　徒然草　正法眼蔵随聞記　歎異抄（小学館）／新編古典文学全集45･46　平家物語①②（小学館）／新編古典文学全集５０　宇治拾遺物語（小学館）／日本の古典をよむ⑬　平家物語（小学館）／図説　平清盛がよくわかる！　厳島神社と平家納経（青春出版社）／図説　地図とあらすじでわかる！　平清盛と平家物語（青春出版社）／図説　平家物語（河出書房新社）／平清盛ー平氏の黄金期をきずいた総大将（ミネルヴァ書房）／ビジュアル版　日本の歴史を見る　源平争乱と鎌倉武士（世界文化社）／ビジュアル百科　日本史１２００人１冊でまるわかり！（西東社）／別冊太陽　日本のこころ１９０　平清盛　王朝への挑戦（平凡社）／ポプラディア情報館　衣食住の歴史（ポプラ社）／ポプラディア情報館　日本の歴史人物（ポプラ社）／ポプラディア情報館　日本の歴史２　鎌倉～安土桃山時代（ポプラ社）／光村の国語　はじめて出会う古典作品集①（光村教育図書）／光村の国語　はじめて出会う古典作品集⑤（光村教育図書）

※本書の原文は、『新編日本古典文学全集』（小学館）『新版 徒然草 現代語訳付き』（KADOKAWA／角川学芸出版）を参考にしました。底本により、表記・表現がちがう場合もあります。
※本書の原文は、声に出して読むことができるように現代読みの表記で適宜ヨミをつけました。
※旧かな使いによるヨミはひらがなの横に（　）付きで音を示しました。
※本書は2018年11月現在の情報に基づいて編集・記述しています。

人物で探る！ 日本の古典文学　**兼好法師と平清盛**
徒然草 平家物語 方丈記 宇治拾遺物語ほか

2018年12月10日初版第1刷印刷　2018年12月15日初版第1刷発行

編集　国土社編集部

発行　株式会社　国土社
〒101-0062　東京都千代田区神田駿河台 2-5
TEL 03-6272-6125　FAX 03-6272-6126　http://www.kokudosha.co.jp

印刷　株式会社　厚徳社
製本　株式会社　難波製本

NDC 914・913 80P 29cm ISBN978-4-337-27933-9 C8391